Luis
Fernando
Verissimo

Concepção e Curadoria
Daniel Kondo

Direção Editorial
Suzanne Borela

Organização
Fernanda Verissimo
Pedro Verissimo

Capa e Projeto Gráfico
Kondo Estudio

Revisão
Alana Fernandes

Assistência Editorial
Tayná Werlang De Carli

Dados Internacionais de Catalogação na Publicação (CIP)
(Câmara Brasileira do Livro, SP, Brasil)

Verissimo, Luis Fernando
Dose Única : Luis Fernando Verissimo. --
Frederico Westphalen, RS : Vitrola Editora, 2025. --
(Coleção dose única)

ISBN 978-65-6030-069-9

1. Contos brasileiros - Coletâneas 2. Crônicas brasileiras - Coletâneas 3. Verissimo, Luis Fernando, 1936- I. Título. II. Série.

25-258083 CDD-B869.8

Índices para catálogo sistemático:
1. Literatura brasileira : Coletâneas B869.8
Cibele Maria Dias - Bibliotecária - CRB-8/9427

COLEÇÃO DOSE ÚNICA

Luis Fernando Verissimo

vitrola

AUTOENTREVISTA

És ciumento?

Nasci aqui na Bolívia mesmo. Nascer foi a melhor coisa que podia ter acontecido. Eu não seria o que sou hoje se não tivesse nascido. Acho que foi um parto normal. Perguntei para minha mãe, mas ela insiste que não estava lá na ocasião. Desconfiei que havia alguma coisa errada comigo porque papai trazia os amigos para me ver no berçário, mas apontava para outro bebê. Custei a falar. Durante dois ou três anos, apesar da insistência da família, só dizia meu nome, minha patente e meu número de série. Sou de Libra. Minha vida é regida por Saturno, Urano e, estranhamente, pelo maestro Isaac Karabtchevsky.

Já foste beijado?

Me considero um homem de esquerda. Tenho certeza de que meus filhos ainda viverão sob o socialismo. Em Paris, às minhas custas. Eu não tinha entendido o termo "capitalismo selvagem" até que um representante do FMI desceu em Brasília, pediu que carregassem sua bagagem e um ministro da área econômica disse: "Sim, bwana." Não sei se o FMI vai interferir mesmo no país, mas quando sua comitiva esteve no Rio, um dos seus membros foi visto apontando para o Pão de Açúcar e perguntando: "O Cristo Redentor não ficaria melhor ali?". Não entendo por que uma nação inteira deva se submeter aos interesses dos banqueiros internacionais. Eles não são melhores que os banqueiros nacionais. Mas não me tomem por um esquerdista radical. Não sou nenhum Jorginho Guinle.

Preferes loira ou morena?

Bem, penso da morte a mesma coisa que penso das multinacionais. Ela está aí, existe, não há como evitá-lá, pode até ser uma coisa boa na medida em que cria empregos, etc. — mas sou contra. Quanto à vida eterna minha preocupação não é se existe ou não, é chegar lá e encontrar os melhores lugares tomados por quem foi primeiro. Os etruscos devem ter todas as coberturas, os fenícios os terrenos do lago e a gente acaba ficando num quarto debaixo de uma escola de dança flamenca, para sempre. Mas sou um materialista agnóstico. Não acredito em nada que eu não possa pegar, apalpar, cheirar ou morder. Não acredito na Luiza Brunet, por exemplo.

Gostas do Roberto Carlos?

Acho que não há clima para um golpe, atualmente, no Brasil. Ainda mais no Rio, onde tem chovido muito. O que dá toda vantagem estratégica ao sapo, como se sabe.

És cínico ou crês no amor?

Tive uma infância comum, classe B, fundos. Minha família era tão classe média que tinha 3.2 filhos. Minha primeira experiência sexual foi com uma vizinha, mas ela nunca ficou sabendo. Parei de estudar quando decidi que a escola não estava me preparando para o que eu queria: vagabundo. Tudo que aprendi foi a vida que me ensinou. Só não me perguntem a vida de quem. Em dezesseis anos de jornalismo aprendi algumas coisas, como jamais apertar o botão marcado "Tabulador" na máquina de escrever porque desregula tudo. Sou eleitor desde 57, mas não me culpem pelo Jânio. Não fui só eu.

HORÓSCOPO

Áries
Atrás de você, cuidado! Brincadeira. Você não sofrerá nenhuma ameaça. Nem tudo será perfeito, claro, mas quando a vida lhe sorri, não importa que ela não tenha alguns dentes. Agradeça o que você tem, pare de sonhar com o impossível e não chateie. Sua cor é o marrom.

Touro
Aquele seu plano envolvendo o bispo, o anão hermafrodita e o contrabando de alfajores do Uruguai — você sabe do que eu estou falando — não daria certo. Deixe para a semana que vem, quando a Lua será propícia. Seu número de sorte é ímpar, maior que três e menor que 725. Não posso dizer mais nada.

Gêmeos
Simplifique a sua vida. Pare de pagar suas contas. Em vez da declaração de renda, mande um bilhete desaforado para a Receita Federal. Se reclamarem, dê risadas irônicas. Ande de chinelo de dedo com meias e lixe-se para os comentários. Você comanda o seu próprio destino. Mas muito cuidado nos cruzamentos, porque pode vir outro louco.

Câncer
Evite alho-poró e pessoas chamadas Itamar, Fulvio Luiz ou Dalva Maria, principalmente à noite. Vênus entrou na casa de Netuno, o que significa que suas finanças e sua vida sexual podem se deteriorar rapidamente — tudo dependerá do que acontecer lá dentro.

Leão
Você é uma pessoa decidida, voluntariosa, opiniática e, francamente, insuportável. Está num período de grandes realizações, mas não deve esquecer que aqueles em que você pisou para subir mal podem esperar para segurar o seu pé na descida. Na vida sentimental, cuide para não arruinar romances com esse seu hábito de responder "Ah é, é?" a cada declaração de amor.

Virgem
Não quero estragar seu dia, mas... Só vou dizer o seguinte: não saia da cama hoje. Se já se levantou e está lendo isto em outro lugar, volte para a cama imediatamente! Amanhã tudo voltará ao normal. A não ser que... Não, não. Tudo voltará ao normal.

Libra
Não esqueça de checar o prazo de validade de tudo, inclusive das pessoas com quem entrar em contato. (Muita gente que já ultrapassou o prazo continua, por assim dizer, nas prateleiras.) Você encontrará alguém que lhe transmitirá uma inquietação filosófica: "Como saber se a luz da geladeira apaga mesmo quando a gente fecha a porta?". Afaste-se rapidamente.

Escorpião
O alinhamento dos astros favorece cruzeiros em navios de luxo, romances de bordo e visitas a lugares exóticos, mas não garante que você não enjoará o tempo todo e pedirá para morrer. Se se arriscar, lembre-se de que seu número na roleta é o 17. Pode não dar nada, mas é seu.

Sagitário

Aquele alguém que você esperava encontrar há tantos anos e que mudaria sua vida hoje estará dobrando uma esquina e esbarrando em você, dizendo "Não enxerga onde anda, não?" com irritação e seguindo adiante, porque seu signo é outro e sua previsão para hoje é completamente diferente.

Capricórnio

Parabéns. Seu futuro está assegurado. Você mesmo decidirá quanto ganha, terá prestígio, influência, mordomias... Mas primeiro terá que se candidatar e ser eleito.

Aquário

Abra-se para a vida, busque o que há de mais puro e autêntico do seu âmago e grite bem alto para os ventos: "Eu sou eu! Eu sou eu! Ou um fac-símile razoável!". Abrace as contradições do mundo e declare seu amor por tudo que existe, seja animal, vegetal ou mineral, com a possível exceção do Ahmadinejad. Cante a beleza, cante a paixão e a natureza, a qualquer hora do dia ou da noite. Só prepare-se para o protesto dos vizinhos.

Peixes

Estranhamente, não há nada previsto nos astros para os de Peixes, hoje. Talvez seja apenas um problema técnico.

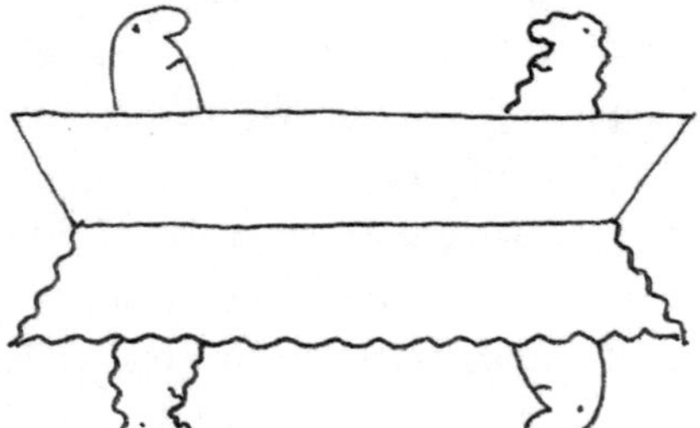

PALAVREADO

Gosto da palavra "fornida". É uma palavra que diz tudo o que quer dizer. Se você lê que uma mulher é "bem fornida", sabe exatamente como ela é. Não gorda mas cheia, roliça, carnuda. E quente. Talvez seja a semelhança com "forró". Talvez seja apenas o tipo de mente que eu tenho. Não posso ver a palavra "lascívia" sem pensar numa mulher, não fornida mas magra e comprida. Lascívia, imperatriz de Cântaro, filha de Pundonor. Imagino-a atraindo todos os jovens do reino para a cama real, decapitando os incapazes pelo fracasso e os capazes pela ousadia.

Um dia chega a Cântaro um jovem trovador, Lipídio de Albornoz. Ele cruza a Ponte de Safena e entra na cidade montado no seu cavalo Escarcéu. Avista uma mulher vestindo uma bandalheira preta que lhe lança um olhar cheio de betume e cabriolé. Segue-a através dos becos de Cântaro até um sumário — uma espécie de jardim enclausurado — onde ela deixa cair a bandalheira. É Lascívia. Ela sobe por um escrutínio, pequena escada estreita, e desaparece por uma porciúncula. Lipídio a segue. Vê-se num longo conluio que leva a uma prótese entreaberta. Ele entra. Lascívia está sentada num trunfo em frente ao seu pinochet, penteando-se. Lipídio, que sempre carrega consigo um fanfarrão (instrumento primitivo de sete cordas), começa a cantar uma balada. Lascívia bate palmas e chama:

— Cisterna! Vanglória!

São suas escravas que vêm prepará-la para os ritos do amor. Lipídio desfaz-se de suas roupas — o sátrapa, o lúmpen, os dois fátuos — até ficar só de reles. Dirige-se para a cama cantando uma antiga minarete. Lascívia diz:

— Cala-te, sândalo. Quero sentir o seu vespúcio junto ao meu *passe-partout*. Atrás de uma cortina Muxoxo, o algoz, prepara seu longo cadastro para cortar a cabeça do trovador. A história só não acaba mal porque o cavalo de Lipídio, Escarcéu, espia pela janela na hora em que Muxoxo vai decapitar seu dono, no momento entregue ao sassafrás, e dá o alarme. Lipídio pula da cama, veste seu reles rapidamente e sai pela janela, onde Escarcéu o espera. Lascívia manda levantarem a Ponte de Safena, mas tarde demais. Lipídio e Escarcéu já galopam por motins e valiums, longe da vingança de Lascívia. "Falácia" é um animal multiforme que nunca está onde parece estar. Um dia um viajante chamado Pseudônimo (não é o seu verdadeiro nome) chega à casa de um criador de falácias, Otorrino. Comenta que os negócios de Otorrino devem estar indo muito bem, pois seus campos estão cheios de falácias. Mas Otorrino não parece muito contente. Lamenta-se:

— As falácias nunca estão onde parecem estar. Se elas parecem estar no meu campo é porque estão em outro lugar. E chora:

— Todos os dias, de manhã, eu e minha mulher, Bazófia, saímos pelos campos a contar falácias. E cada dia há mais falácias no meu campo. Quer dizer, cada dia eu acordo mais pobre, pois são mais falácias que eu não tenho.

— Lhe faço uma proposta — disse Pseudônimo. — Compro todas as falácias do seu campo e pago um pinote por cada uma.

— Um pinote por cada uma? — disse Otorrino, mal conseguindo disfarçar o seu entusiasmo. — Eu devo não ter umas cinco mil falácias.

— Pois pago cinco mil pinotes e levo todas as falácias que você não tem.

— Feito.

Otorrino e Bazófia arrebanham as cinco mil falácias para Pseudônimo. Este abre o seu comichão e começa a tirar pinotes invisíveis e colocá-los na palma da mão estendida de Otorrino.

— Não estou entendendo — diz Otorrino. — Onde estão os pinotes?

— Os pinotes são como as falácias — explica Pseudônimo. — Nunca estão onde parecem estar. Você está vendo algum pinote na sua mão?

— Nenhum.

— É sinal de que eles estão aí. Não deixe cair. E Pseudônimo seguiu viagem com cinco mil falácias, que vendeu para um frigorífico inglês, o Filho and Sons. Otorrino acordou no outro dia e olhou com satisfação para o seu campo vazio. Abriu o besunto, uma espécie de cofre, e olhou os pinotes que pareciam não estar ali. Estava rico! Na cozinha, Bazófia botava veneno no seu pirão. "Lorota", para mim, é uma manicura gorda. É explorada pelo namorado, Falcatrua. Vivem juntos num pitéu, um apartamento pequeno. Um dia batem na porta. É Martelo, o inspetor italiano.

— Dove está il tuo megano? — Meu quê?

— Il fistulado del tuo matagoso umbráculo.

— O Falcatrua? Está trabalhando.

— Sei. Com sua tragada de perônios. Magarefe, Barroco, Cantochão e Acepipe. Conheço bem o quintal. São uns melindres de marca maior.

— Que foi que o Falcatrua fez?

— Está vendendo falácia inglesa enlatada.

— E daí?

— Daí que dentro da lata não tem nada. Parco manolo!

FALTOU UM "C" EM "EXCELCIUS"

SOLIDÃO

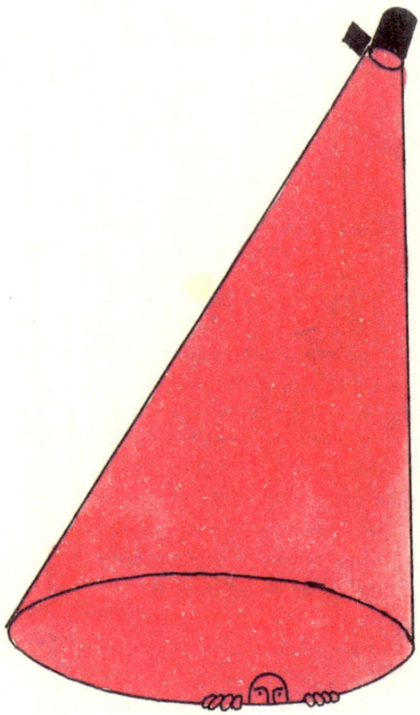

Finalmente liberadas as gravações que a Nasa fez das experiências realizadas com o tenente da Marinha John Smith para testar o comportamento humano em condições de completo isolamento durante longos períodos de tempo, iguais às que o homem terá que enfrentar na exploração do espaço. O tenente Smith foi escolhido pelas suas perfeitas condições físicas e mentais. Foi colocado dentro de um simulador de voo com comida bastante para dois anos e os instrumentos que normalmente levaria numa missão, inclusive um computador. Todos os dias Smith teria que fazer um relatório verbal para que seu estado fosse avaliado. O que segue são trechos das gravações feitas dos seus relatórios.

Primeiro dia. "Meu nome é John Smith. Estou ótimo. Passei todo o dia me familiarizando com este meu pequeno lar. Já desafiei o computador para uma partida de xadrez. Acho que nos daremos muito bem. (Risadas.) Só tenho uma queixa: esta comida em bisnagas não se parece nada com a comida de mamãe... (Risadas.) Dois mais dois são quatro. Encerro."

Uma semana depois. "John Smith aqui. Continuo muito bem. Ainda não consegui vencer nenhuma partida de xadrez deste computador. Acho que ele está trapaceando. (Risadas.) Três vezes três é nove. Encerro."

Um mês depois. "(Risadas.) Meu nome é John maldito Smith. Tudo bem. Um pouco entediado, mas tudo bem. Consegui finalmente ganhar uma do computador, embora ele negue. Vou ter que derrotá-lo de novo para convencer este cretino. Calculei mal e já comi todas as bisnagas de torta de maçã. Agora só tem o maldito limão. Duas vezes três são, deixa ver. Seis. Quer dizer... Não. Está certo. Seis. Encerro."

Dois meses depois. "Vocês sabem quem eu sou. John qualquer coisa. Não aguento mais a arrogância deste computador. Ele não é humano! Insiste que me deu xeques-mates inexistentes e se recusa a admitir que está errado. Tivemos uma briga feia hoje. Dois mais dois são... sei lá. Encerro."

Quatro meses. "Alô. Tenho provas irrefutáveis de que o computador está tentando boicotar esta missão! Ouvi claramente ele dizer alguma coisa desagradável sobre mamãe. Canta 'Strangers in the Night' em falsete e não me deixa dormir. Não me responsabilizo pelo que possa acontecer. Estou muito bem, lúcido e bem-disposto. Com licença que estão batendo na porta."

Sexto mês. "Meu nome é Smith. Maggie Smith. Por hoje é só."

Oitavo mês. "(Risadas.)"

Nono mês. "Smith aqui. Aconteceu o inevitável. Matei o computador. Estávamos com um problema, onde colocar as bisnagas vazias, e ele fez uma sugestão deselegante. Agora está morto. Não tenho remorsos. Ontem recebi a visita de um vendedor de enciclopédias. Não sei como ele conseguiu entrar aqui. Dois mais dois geralmente é nove. Encerro."

Décimo mês. "Meu nome é Brown ou Taylor. Um mais um é umum. Dois mais dois, não. Iniciei um projeto importantíssimo. Com as bisnagas vazias e partes do computador, estou construindo uma mulher."

Um ano. "Redford aqui. Sinto falta de um espelho para poder ver a minha barba, que está bem comprida. A mulher que fiz de bisnagas vazias e partes do falecido computador ficou ótima mas, infelizmente, nossos gênios não combinavam. Ela foi para a casa de seus pais. Dois mais dois..."

Décimo quarto mês. "Minha barba está tentando boicotar a missão! Faz um estranho barulho eletrônico e várias vezes já tentou me estrangular. Deve ser comunista. Começaram a chegar as enciclopédias que comprei. Tenho jogado xadrez comigo mesmo e ganho sempre."

Décimo quinto mês. "Aqui fala Zaratustra. Atenção. Encontrei pegadas humanas dentro da cabine. Estou investigando. Mandarei um relatório depois. Duas vezes três é demais. Encerro."

No dia seguinte. "Grande notícia. Há outro ser humano dentro da cabine! Seu nome é Smith, John Smith, mas como o encontrei numa terça-feira o chamarei de 'Quinta'. Ele não fala, mas joga xadrez como um mestre. (Risadas.) Talvez tenha que matá-lo."

Neste ponto, os cientistas da Nasa acharam melhor abrir a cápsula. Encontraram Smith com as mãos em volta do próprio pescoço, gritando: "Trapaceiro! Trapaceiro!".

ALO BASE! PRIMEIRA DESCOBERTA: AS FORMIGAS AQUI SÃO GIGANTESCAS!

Etc.

ALFABETO

A — Primeira letra do alfabeto. A segunda é "L", a terceira é "F" e a quarta é "A" de novo.

AH — Interjeição. Usada para indicar espanto, admiração, medo. Curiosamente, também são as inicias de Alfred Hitchcock.

AHN? — O quê? Hein? Sério? Repete que eu sou halterofilista.

AI — Interjeição. Denota dor, apreensão ou êxtase, como em "Ai que bom, ai que bom". Arcaico: Ato Institucional.

AI, AI — Expressão satírica, de troça. O mesmo que "Como nós estamos sensíveis hoje, hein, Juvenal?".

AI, AI, AI — Expressão de mau pressentimento, de que em boa coisa isto não pode dar, de olhem lá o que vocês vão fazer, gente.

AI, AI, AI, AI, AI — O mesmo que "Ai, ai, ai", mas com mais dados sobre a gravidade da situação. Geralmente precede uma reprimenda ou uma fuga.

B — Primeira letra de Bach, Beethoven, Brahms, Béla Bartók, Brecht, Beckett, Borges e Bergman mas também de Bigorrilho, o que destrói qualquer tese.

BB — Banco do Brasil, Brigitte Bardot, coisas desse tipo.

BELELÉU — Lugar de localização indefinida. Em alguns mapas fica além das Cucuias, em outros faz fronteira com Cafundó do Judas e Raio Que os Parta do Norte. Beleléu tem algumas características estranhas. Nenhum dos seus matos tem cachorro, todas as suas vacas estão no brejo — e todos os seus economistas são brasileiros.

C — Uma das letras mais populares. Sem ela não haveria carnaval, caipirinha, cafuné e crédito e a coisa seria bem mais complicada.

CÁ — Advérbio. Quer dizer "aqui no Brasil". Também é o nome da letra K, de kafkiano, que também quer dizer "aqui no Brasil".

CÊ — Diminutivo de "você", como em "cê soube?" ou "cês me pagam". Também se usa "cezinho", mas em casos muito particulares, a sós e com a luz apagada.

CI — Ser mitológico. Na cultura indígena do Amazonas, a mãe de tudo, a que está por trás de todas as coisas, a responsável por tudo que acontece (ver CIA).

CO — "O outro". Como em copiloto (o outro piloto), coadjuvante (não o adjuvante principal, o outro) e coabitação (morar com a "outra").

CÓ — O singular de "cós", como em "cós das calças", que até hoje ninguém descobriu o que são.

D — 500 em latim. Vale meio M, cinco Cs e dez Ls.

DDD — Discagem Direta a Distância, ou Dedo Dolorido De tanto tentar.

DE — Prefixo que significa o contrário, o avesso. Como em "decúbito", ou com o cúbito para cima.

E — Conjunção. Importantíssima. Sem o E, muitas frases ficariam ininteligíveis, dificultando a comunicação entre as pessoas. Em compensação, não existiriam as duplas caipiras.

E? — E daí? Continue! Qual é a conclusão? Qual é o sentido dessa história? Aonde você quer chegar, pombas? Vamos, fale, desembuche.

É — Afirmativa, confirmação, concordância. Também usado na forma reflexiva ("Pois é"), na forma interrogativa ("É?"), na forma reflexiva interrogativa ("Né?") e na forma interrogativa retórico-histriônica reflexiva ("Ah, é?").

É... — Com reticências, o mesmo que "Pois é", mas como expressão de desânimo ou resignação filosófica, muito usado por torcedores do Palmeiras e em comentários sobre o ministério do Lula.

F — Antigamente, escrevia-se "ephe".

FH — Em desuso.

GHIJKLMNOPQRSTUV — Letras que precedem o W, o X e o Z e sem as quais nenhum alfabeto estaria completo.

W — De "Wellington" ou "Washington". Só é mantida no alfabeto brasileiro para ser usada por jogadores de futebol, que têm exclusividade.

X — No Brasil, "queijo".

Z — "S" depois de um choque elétrico.

ZÉ — A gente. Ver também "Mané".

ZZZZ — Sssshhhh!

SERÁ POSSÍVEL QUE VOCÊ NÃO OUVE?
É BOLERO!

VOCÊ PRECISA
O QUÊ?
FAZER
XIXI!

LUGAR-COMUM

Cada macaco está no seu galho e todos, todos olham o próprio rabo e deixam o rabo do vizinho. A chuva chove no molhado, o sol brilha para todos... Chuva e sol? Casamento de espanhol! Passam índios — ou serão hindus? — em fila indiana. Vacas vão para o brejo. Caçadores num mato sem cachorro caçam com gatos, e todos os gatos são pardos no escuro. Rios correm para o mar. Paus nascem tortos, e assim permanecem. Semeadores de vento colhem tempestades enquanto, ao fundo, um grupo separa o joio do trigo e outro faz das tripas coração e um terceiro constrói castelos no ar e... Súbito, tudo para no lugar-comum. Os índios, as vacas, os caçadores, até os rios. A paisagem fica estática, as frases ficam suspensas. Só os mercadores fingem que não ouvem o silêncio ameaçador, mas em seguida também param, e esperam. Algo vai acontecer. Algo — ou alguém — vai chegar. E então ele aparece. É Gerúndio! O imperativo Gerúndio. Ele caminha pelo lugar-comum, as mãos entrelaçadas atrás como um inspetor. Examina as frases paradas e chuta alguns verbos como se fossem pneus. Depois, dá a ordem:

— Circulando!

E vê tudo recomeçando à sua volta. Cada macaco sentado no seu galho e olhando o próprio rabo em vez do rabo do vizinho. A chuva chovendo, o sol brilhando, a fila indiana passando, as vacas indo para o brejo, os caçadores caçando com gatos, os rios correndo para o mar... O mundo sendo ordeiro e previsível, como tem que ser.

ESTA
NÃO
LEMBRETE: REGISTRAR PATENTES!
QUEM SABE VERDE?
REPENSAR
H2O
H2O
MUITO BARROCA?
TESTAR
VAI PEGAR!
TALVEZ MAIS TARDE
ESTE
E = mc²

A TERCEIRA SENSAÇÃO HUMANA

E Deus viu que eu me entediava, pois do que valia ser um rei no meu jardim sozinho, sem ter com quem compartilhar o Paraíso? Ou sem ninguém para me invejar? E então Deus, que já tinha criado o tempo, criou o passatempo, e me encarregou de dar nome às coisas. Eu vi a uva, e a chamei de parmatursa. Eu vi a pedra e a chamei de cremílsica, e ao pavão chamei de gongromardélio, e ao rio chamei de... Mas Deus me mandou parar e disse que cuidaria daquilo, e me instruiu a procurar o que fazer enquanto terminava de criar o Universo, pois os anéis de Saturno ainda estavam lhe dando trabalho. E eu me rebelei e perguntei: "Fazer o quê?" e viu Deus que, além do Homem, tinha criado um problema.

E perguntou Deus o que eu queria, e eu respondi: "Sabe que eu não sei?". E Deus disse que tinha me dado uma vida sem fim, e um jardim de prazeres digno de um rei para viver minha vida sem fim, e frutas e peixes e pássaros de graça e dentes para comê-los, e mel de sobremesa, e que eu esperasse para ver que espetáculo, que show de bolas, seria o Universo quando ficasse pronto. Tudo para mim. Só para mim. E não bastava? Não bastava. "Eu pedi para nascer, pedi?", disse eu. E Deus suspirou, criando o vento. E pensou: "Filho único é fogo".

O que eu queria? Queria outra pessoa. Era isso. Queria uma segunda pessoa. Queria um interlocutor. Um irmão, alguém para chamar de "tu" e com quem chamar o Senhor de "ele". Ou "Ele". E que quando Ele chamasse de vós, responderíamos em uníssono "nós?". E quando se referisse a nós para os anjos, dissesse "eles". Criando outra pessoa, Deus estaria, para todos os efeitos gramaticais, criando cinco.

E Deus fez a minha vontade, e me pôs a dormir, e quando acordei tinha um irmão ao meu lado, tirado do meu lado. Igual a mim em todos os aspectos. Espera aí, em todos não. Deus, com a cabeça nos anéis de Saturno, não prestara atenção no que fazia e errara a cópia.

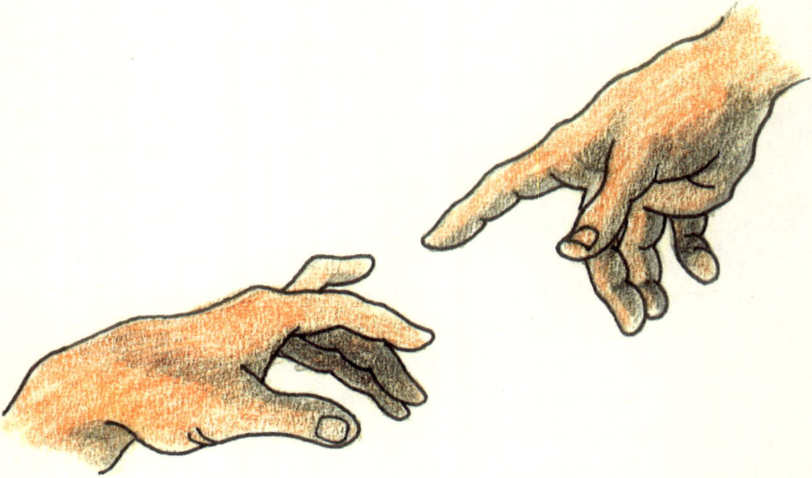

Colocara coisas que eu não tinha e esquecido coisas que eu tinha, como o pênis, que se dependesse de mim se chamaria Obozodão. Deus se ofereceu para recolher a cópia defeituosa e fazer uma certa mas eu disse "na-na-não, pode deixar". Pois tinha visto que era bom. Ou boa. E fui tomado de amor pelo outro. A segunda sensação humana, depois do tédio.

Ela era o meu tu, eu era o tu dela. Juntos, inauguramos vários verbos que estão em uso até hoje. E eu a chamei de Altimanara, mas Deus vetou e lhe deu outro nome. E quando ela perguntou como era o meu nome, respondi "Mastortônio", mas Deus limpou a garganta, inventando o trovão, e disse que não era não. Ficou Adão e Eva (eu Adão, ela Eva) aos olhos do Senhor e na História oficial. Mas, em segredo (isto pouca gente sabe), nos chamávamos de Titinha e Totonho. E foi ela que disse "Totonho, quero que tu me conheças mais a fundo". E eu: "No sentido bíblico?". E ela: "Há outro?". E inauguramos outro verbo.

E foi ela que me ofereceu o fruto da Árvore do Saber, a que Deus tinha me dito para nunca tocar mas colocado bem no meio do Paraíso, vá entender. Resisti, embora a fruta fosse rubicunda (uma das poucas palavras que consegui inventar, driblando a fiscalização do Senhor) e ela a segurasse contra o peito, como um apetitoso terceiro seio. Se comêssemos daquela fruta, perderíamos a inocência e nos tornaríamos mortais. "Em compensação...", disse a Titinha. Em compensação, o quê? Só saberíamos se comêssemos a fruta. E fomos tomados de curiosidade. A terceira sensação humana. A fatal.

Quando soube da nossa transgressão, Deus deu um murro na Terra, criando o terremoto, e nos expulsou do nosso jardim. E durante todos estes anos muitas pessoas têm me perguntado (pois depois disso a Terra se encheu de muitas pessoas) se valeu a pena trocar meus privilégios de primeira e única pessoa pelo prazer de conjugar com outra, e o meu tédio pelo envelhecimento e a morte, e a minha inocência eterna pelo saber fugaz. E sabe que eu não sei?

E, claro, sempre tem o gaiato que pergunta: "Fora tudo isso, que tal era a fruta?".

VÓS
ELES
ELE
NÓS
EU
TU

PAPOS

— Me disseram...
— Disseram-me.
— Hein?
— O correto é "disseram-me". Não "me disseram".
— Eu falo como quero. E te digo mais... Ou é "digo-te"?
— O quê?
— Digo-te que você...
— O "te" e o "você" não combinam.
— Lhe digo?
— Também não. O que você ia me dizer?
— Que você está sendo grosseiro, pedante e chato. E que eu vou te partir a cara. Lhe partir a cara. Partir a sua cara. Como é que se diz?
— Partir-te a cara.
— Pois é. Parti-la hei de, se você não parar de me corrigir. Ou corrigir-me.
— É para o seu bem.
— Dispenso as suas correções. Vê se esquece-me. Falo como bem entender. Mais uma correção e eu...
— O quê?
— O mato.

— Que mato?
— Mato-o. Mato-lhe. Mato você. Matar-lhe-ei-te. Ouviu bem?
— Eu só estava querendo...
— Pois esqueça-o e para-te. Pronome no lugar certo é elitismo!
— Se você prefere falar errado...
— Falo como todo mundo fala. O importante é me entenderem. Ou entenderem-me?
— No caso... não sei.
— Ah, não sabe? Não o sabes? Sabes-lo não?
— Esquece.
— Não. Como "esquece"? Você prefere falar errado? E o certo é "esquece" ou "esqueça"? Ilumine-me. Mo diga. Ensines-lo-me, vamos.
— Depende.
— Depende. Perfeito. Não o sabes. Ensinar-me-lo-ias se o soubesses, mas não sabes-o.
— Está bem, está bem. Desculpe. Fale como quiser.
— Agradeço-lhe a permissão para falar errado que mas dás. Mas não posso mais dizer-lo-te o que dizer-te-ia.
— Por quê?
— Porque, com todo esse papo, esqueci-lo.

MAL POSSO ESPERAR PRA CHEGAR EM CASA E VER ISTO

HISTÓRIAS DE VERÃO 5: BANDEIRA BRANCA

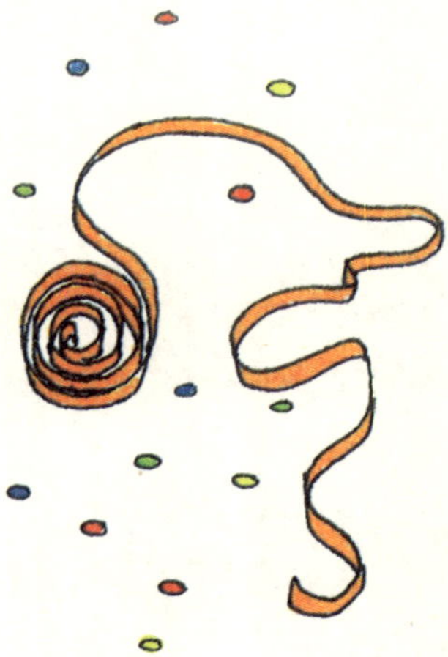

Ele: tirolês. Ela: odalisca. Eram de culturas muito diferentes, não podia dar certo.

Mas tinham só quatro anos e se entenderam. No mundo dos quatro anos todos se entendem, de um jeito ou de outro. Em vez de dançarem, pularem e entrarem no cordão, resistiram a todos os apelos desesperados das mães e ficaram sentados no chão, fazendo um montinho comum de confete, serpentina e poeira, até serem arrastados para casa, sob ameaças de jamais serem levados a outro baile de carnaval.

Encontraram-se de novo no baile infantil do clube do ano seguinte. Ele com o mesmo tirolês, agora apertado nos fundilhos, ela de egípcia. Tentaram recomeçar o montinho, mas desta vez as mães reagiram e os dois foram obrigados a dançar, pular e entrar no cordão, sob ameaça de levarem uns tapas. Passaram o tempo todo de mãos dadas.

Só no terceiro carnaval se falaram.

— Como é teu nome?

— Janice. E o teu?

— Píndaro.

— O quê?!

— Píndaro.

— Que nome!

Ele de legionário romano, ela de índia americana.

Só no sétimo baile (pirata, chinesa) desvendaram o mistério de só se encontrarem no carnaval e nunca se encontrarem no clube, no resto do ano. Ela morava no interior, vinham visitar uma tia no carnaval, a tia é que era sócia.

— Ah.

Foi o ano em que ele preferiu ficar com a sua turma, tentando encher a boca das meninas de confete, e ela ficou na mesa, brigando com a mãe, se recusando a brincar, o queixo enterrado na gola alta do vestido de imperadora. Mas quase no fim do baile, na hora do "Bandeira Branca", ele veio, e a puxou pelo braço, e os dois foram para o meio do salão, abraçados. E quando se despediram ela o beijou na face, disse "Até o carnaval que vem" e saiu correndo.

No baile do ano em que fizeram treze anos, pela primeira vez as fantasias dos dois combinaram. Toureiro e bailarina espanhola. Formavam um casal! Beijaram-se muito, quando as mães não estavam olhando. Até na boca. Na hora da despedida, ele pediu:

— Me dá alguma coisa.

— O quê?

— Qualquer coisa.

— O leque!

O leque da bailarina. Ela diria para a mãe que o tinha perdido no salão.

No ano seguinte ela não apareceu no baile. Ele ficou o tempo todo à sua procura, um havaiano desconsolado. Não sabia nem como perguntar por ela. Não conhecia a tal tia.

Passara um ano inteiro pensando nela, às vezes tirando o leque do seu esconderijo para cheirá-lo, antegozando o momento de encontrá-la outra vez no baile. E ela não apareceu.

Marcelão, o mau elemento da sua turma, tinha levado gim para misturar com o guaraná. Ele bebeu demais. Teve que ser carregado para casa. Acordou na sua cama sem lençol, que estava sendo lavado. O que acontecera?

— Você vomitou a alma — disse a mãe.

Era exatamente como se sentia. Como alguém que vomitara a alma e nunca a teria de volta. Nunca. Nem o leque tinha mais o cheiro dela.

Mas no ano seguinte ele foi ao baile dos adultos no clube — e lá estava ela! Quinze anos. Uma moça. Peitos, tudo. Uma fantasia indefinida.

— Sei lá. Bávara tropical — disse ela, rindo.

Estava diferente. Não era só o corpo. Menos tímida, o riso mais solto. Contou que faltara no ano anterior porque a avó morrera, logo no carnaval.

— E aquela bailarina espanhola?

— Nem me fala. E o toureiro?

— Aposentado.

A fantasia dele era de nada. Camisa florida, bermudas, finalmente um brasileiro. Ela estava com um grupo. Primos, amigos dos primos. Todos vagamente bávaros. Quando ela o apresentou ao grupo alguém disse "Píndaro?!" e todos caíram na risada. Ele viu que ela estava rindo também. Deu uma desculpa e afastou-se. Foi procurar o Marcelão. O Marcelão anunciara que levaria várias garrafas presas nas pernas, escondidas sob as calças da fantasia de sultão. O Marcelão tinha o que ele precisava para encher o buraco deixado pela alma.

Quinze anos, pensou ele, e já estou perdendo todas as ilusões da vida, começando pelo carnaval. Não devo chegar aos 30, pelo menos não inteiro. Passou todo o baile encostado numa coluna adornada, bebendo o guaraná clandestino do Marcelão, vendo ela passar abraçada com uma sucessão de primos e amigos de primos, principalmente um halterofilista, certamente burro, talvez até criminoso, que reduzira sua fantasia a um par de calças curtas de couro. Pensou em dizer alguma coisa, mas só o que lhe ocorreu dizer foi "Pelo menos o meu tirolês era autêntico" e desistiu. Mas quando a banda começou a tocar "Bandeira Branca" e ele se dirigiu para a saída, tonto e amargurado, sentiu que alguém o pegava pela mão, virou-se e era ela. Era ela, meu Deus, puxando-o para o salão. Ela enlaçando-o com os dois braços para dançarem assim, ela dizendo "Não vale, você cresceu mais do que eu" e encostando a cabeça no seu ombro. Ela encostando a cabeça no seu ombro.

Encontraram-se de novo quinze anos depois. Aliás, neste carnaval. Por acaso, num aeroporto. Ela desembarcando, a caminho do interior, para visitar a mãe. Ele embarcando para encontrar os filhos no Rio. Ela disse: "Quase não reconheci você sem fantasia." Ele custou a reconhecê-la. Ela estava gorda, nunca a reconheceria, muitos menos de bailarina espanhola. A última coisa que ele lhe dissera fora "Preciso te dizer uma coisa", e ela dissera "No carnaval que vem, no carnaval que vem" e no carnaval seguinte ela não aparecera, ela nunca mais aparecera. Explicou que o pai tinha sido transferido para outro estado, sabe como é, Banco do Brasil, e como ela não tinha o endereço dele, como não sabia nem o sobrenome dele, e, mesmo, não teria onde tomar nota na fantasia de falsa bávara...

— O que você ia me dizer, no outro carnaval? — perguntou ela.

— Esqueci — mentiu ele.

Trocaram informações. Os dois casaram, mas ele já se separou. Os filhos dele moram no Rio, com a mãe. Ela, o marido e a filha moram em Curitiba, o marido também é do Banco do Brasil... E a todas essas ele pensando: digo ou não digo que aquele foi o momento mais feliz da minha vida, "Bandeira Branca", a cabeça dela no meu ombro, e que todo o resto da minha vida será apenas o resto da minha vida? E ela pensando: como é mesmo o nome dele? Péricles. Será Péricles? Ele: digo ou não digo que não cheguei mesmo inteiro aos 30, e que ainda tenho o leque? Ela: Petrarco. Pôncio. Ptolomeu...

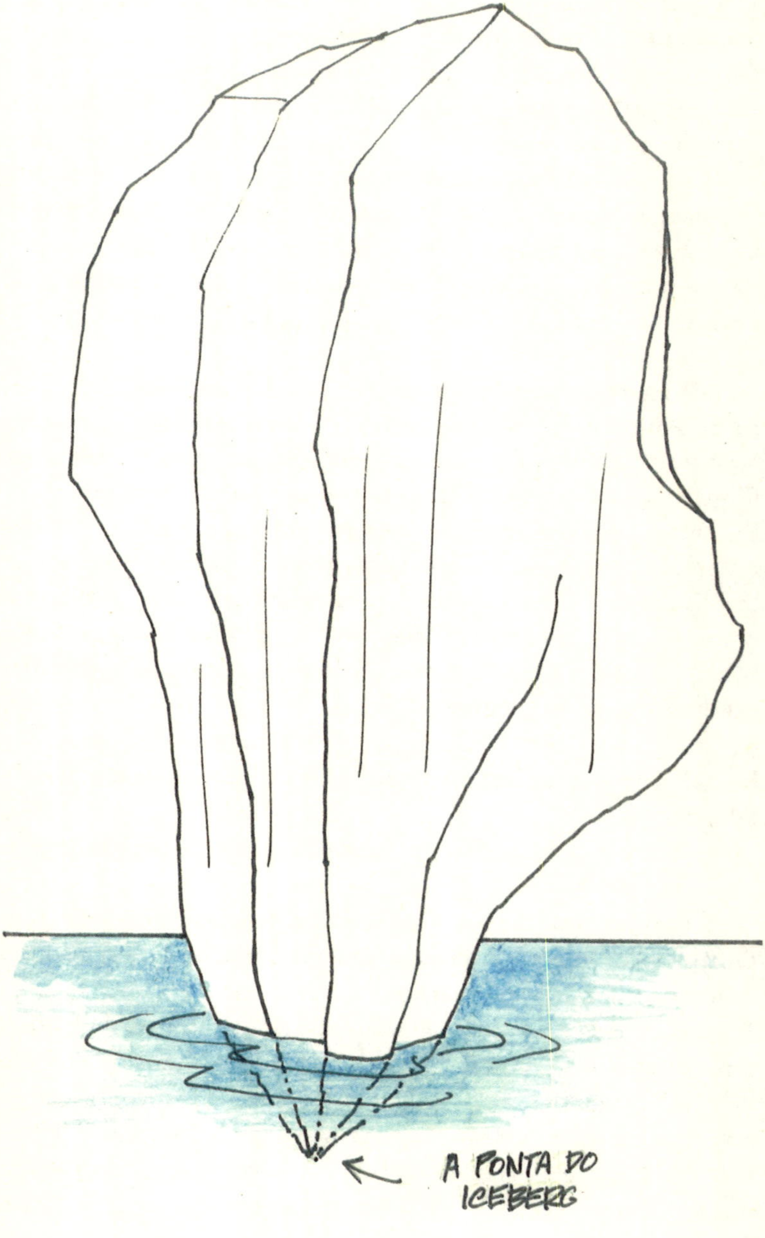
A PONTA DO
ICEBERG

CONTÍCULOS

Aquela conversa de travesseiro.
— Quem é o meu quindinzinho?
— Sou eu.
— Quem é a minha roim-roim-
-roim?
— Sou eu.
Aí ele inventou de dizer que jamais se separariam e que ele seria, para ela, como aquele nervinho da carne que fica preso entre os dentes.
E ela:
— Credo, Osmar, que mau gosto!
E saiu da cama para nunca mais.
O amor também pode acabar por uma má escolha de metáforas.

•••

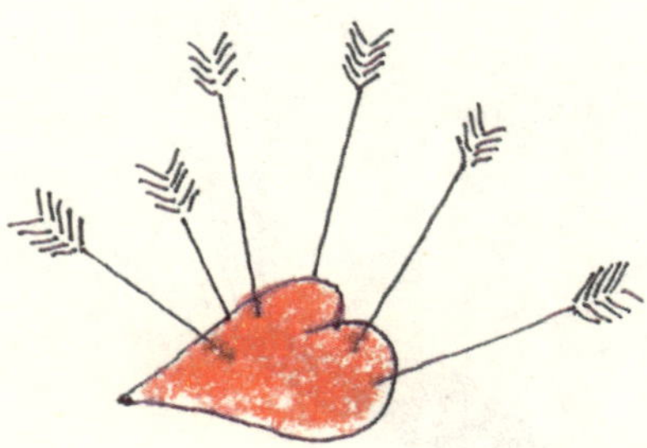

SENTIMENTO

Quase se casaram, mas ela se chamava Dulcineide e ele pressentiu que teria problemas com os sogros.

INVESTIGAÇÃO

O inspetor que investigava o caso da trapezista tcheca morta com uma adaga de gelo nas costas tinha um cachimbo permanentemente no canto da boca, mas com o fornilho virado para baixo. Dizia que era para não ter nem a tentação de enchê-lo, pois estava proibido de fumar. Mas o importante é que consultei o dicionário antes de começar a escrever este conto e só então descobri que aquela parte do cachimbo se chama fornilho, o que passei a maior parte da minha vida sem saber.
Toda literatura, no fim, é autobiográfica.

NO ELEVADOR

Conto erótico. “Lambo você todinha”, disse o homem no ouvido da mulher, no elevador. A mulher firme. Silêncio. No décimo andar o homem falou de novo. “Lambo... Palavra engraçada, né?”. Nunca tinha se dado conta.
Está bem, mais ou menos erótico.

AMIGOS

Calçada. Homem com cachorro. Cachorro fazendo cocô. Passa mulher e diz: “Que nojo”. Homem, para mulher que se afasta: “Nós somos apenas amigos!”.

O ARRUDA

Sete de cada lado, as mulheres assistindo. Todos com barriga e pouco fôlego. Menos o Arruda. O Arruda em grande forma. Cinquenta anos, e brilhando. Foi depois do Arruda dar um passe para ele mesmo, correr lá na frente como um menino, chutar com perfeição e fazer o gol, para delírio das mulheres, que todo o time correu para abraçá-lo. Empilharam-se em cima do Arruda. Apertaram o Arruda. Beijaram o Arruda. O Arruda depois diria que alguém tentara torcer o seu pé e outro mordera a sua orelha. Quando o Arruda quis se levantar para recomeçarem o jogo, não deixaram. Derrubaram o Arruda outra vez. Quando ele parecia que estava conseguindo se livrar dos companheiros, veio o time adversário e também pulou no bolo para cumprimentar o Arruda. O Arruda acabou tendo que sair de campo, trêmulo, amparado pelas mulheres indignadas, enquanto o jogo recomeçava. Agora só com os fora de forma.

FINAL

"Puxou o fio, só por curiosidade, e no dia seguinte leu no jornal que o Taj Mahal tinha desmoronado. Até hoje ele não sabe se foi ele."

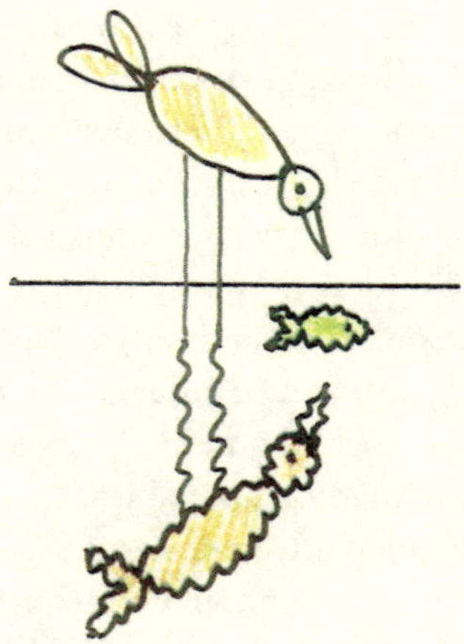

O VERDADEIRO JOSÉ

José morreu, com justeza poética, num avião da ponte aérea, a meio caminho entre São Paulo e Rio. Coração. Morreu de terno cinza e gravata escura, segurando a mesma pasta preta com que desembarcava no Santos Dumont todas as segundas-feiras, durante anos. Só que desta vez a pasta preta desembarcou sobre o seu peito, na maca, como uma lápide provisória.

— O velho Paulista... — disseram seus colegas de trabalho, no velório, lamentando a perda do companheiro tão sério, tão eficiente, tão trabalhador. Seu apelido no Rio era Paulista.

A mulher e o filho de dezoito anos mantiveram uma linha de sóbria resignação durante todo o velório. Aquele era o estilo de José. Nada de arroubos ou demonstrações de sentimento. Sobriedade. Foi ideia do filho que o enterrassem de colete.

— A verdade — cochichou um dos sócios de José na empresa — é que ele nunca se adaptou aos hábitos cariocas...

— Sempre foi um paulista desterrado — concordou alguém.

— Desterrado? — estranhou um terceiro. — Mas vivia lá e cá...

Foi nesse ponto que entraram no velório, aos prantos, uma senhora e uma moça, ambas vestindo jeans iguais e carregando as grandes bolsas de couro com que tinham viajado de São Paulo.

— Carioca! — gritou a mais velha, precipitando-se na direção do caixão. — É você, Carioca?

— Papai! — gritou a mais moça, debruçando-se sobre o solene defunto.

Consternação geral.

Dr. Lupércio, o advogado da família, conseguiu que as duas mulheres de José se reunissem em algum lugar afastado da câmara ardente. O mais difícil foi arrancar a segunda mulher — na ordem de chegada ao velório — de cima do caixão. Em pouco tempo confirmou-se o óbvio. José tinha outra família em São Paulo. A filha tinha quinze anos. A mulher do Rio foi seca:

— A legítima sou eu.

— Meu bem... — começou a dizer a outra.

— Não me chame de seu bem. Nós nem nos conhecemos.

— Calma, calma — pediu o dr. Lupércio.

— Agora eu sei por que o Carioca nunca quis me trazer ao Rio... — disse a outra.

— O nome dele é José. Ou era, até acontecer isto — disse a primeira, não se sabendo se falava da morte ou da descoberta da segunda família.

— Lá em São Paulo toda a turma chama ele de Carioca.

— "Turma?" — estranhou a primeira. No Rio eles não tinham turma. Raramente saíam de casa. Um ou outro jantar em grupo pequeno. Concertos, às vezes. Geralmente estavam na cama antes das dez.

Na câmara ardente, o filho de José evitava o olhar da sua meia-irmã. Os dois eram parecidos. Tinham os traços do pai. A moça, com os olhos ainda cheios de lágrimas, comentara que aquela era a primeira vez que via o pai de gravata. O filho ia dizer que não se lembrava de jamais ter visto o pai sem gravata, mas achou melhor não dizer nada. Era uma situação constrangedora.

— Pobre do papai — disse a moça, soluçando. — Sempre tão brincalhão...

O filho entendia cada vez menos.

O apelido dele, em São Paulo, era Carioca. Descia em Congonhas todas as quintas-feiras de camiseta esporte. No máximo com um pulôver sobre os ombros. Uma vez chegara até de bermudas e chinelos de dedo. Gostava de encher o apartamento de amigos, ou sair com a turma para um restaurante ou uma boate. E se alguém ameaçasse ir embora, dizendo que "Amanhã é dia de trabalho", ele berrava que paulista não sabia viver, que paulista só pensava em dinheiro, que só carioca sabia gozar a vida. Com sua alegre informalidade, fazia sucesso entre os paulistas. Inclusive nos negócios, apesar do mal-estar que causava sua camisa aberta até o umbigo, em certas salas de reuniões. Todas as segundas-feiras voava para o Rio. Dizia que precisava pegar uma praia, respirar um pouco.

— Você não estranhava quando ele voltava do Rio branco daquele jeito? — perguntou a legítima.

— Ele dizia que não adiantava pegar cor na praia, ficava branco assim que pisava em Congonhas — disse a outra.

As duas sorriram.

Mais tarde, em casa, o dr. Lupércio refletiu sobre o caso.

— Um herói de dois mundos — sentenciou.

A mulher, como sempre, não estava ouvindo. O dr. Lupércio continuou:

— No Rio, era o paulista típico. Uma caricatura. Sim, é isto!

O dr. Lupércio sempre se agitava quando pegava uma tese no ar com seus dedos compridos. Era isso. No Rio, ele era uma caricatura paulista. A imagem carioca do paulista. Em São Paulo, era o contrário.

— E mais. Quando fazia o papel do paulista proverbial, no Rio, era gozação. Quando fazia o carioca em São Paulo, era estratégia de venda.

O advogado, no seu entusiasmo, apertou com força o braço da mulher, que disse "Ai, Lupércio!".

— Você não vê? Ele estava sendo cariocamente malandro quando fazia o paulista, e paulistamente utilitário quando fazia o carioca. Um gigolô do estereótipo! Uma síntese brasileira! Mas qual dos dois era o verdadeiro José?

Duas viúvas dormiam sozinhas. A do Rio sem o seu José, aquela rocha de critérios e responsabilidades em meio à inconsequência carioca. A de São Paulo sem o seu Carioca, aquele sopro de ar marinho no cinza paulista.

As duas suspiraram.

HOJE (SENTADO), HÁ 30 ANOS (DE PÉ) E RECÉM-NASCIDO

O SR. S. COM SEUS DEMÔNIOS

* ESTE NÃO É ELE

A SRA. ALCÂNTARA E O SEU VERDADEIRO EU

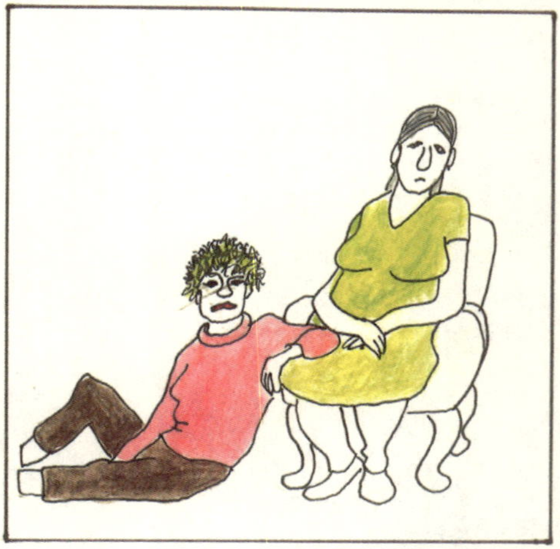

O HOMEM INVISÍVEL (*)

* DE PERUCA

DA ESQUERDA PARA A DIREITA: O DR. IVO, SEU ID E SEU SUPER-EGO

HAPPY

A gente não faz aniversários. Os aniversários é que vão fazendo a gente. E depois, pouco a pouco, nos desfazendo.

Pode-se medir a passagem do tempo pelos diferentes significados da frase "Feliz aniversário!". Do "Feliz aniversário!" que quer dizer "hoje é seu dia, que alegria, mais um ano da sua vida, comemore porque você merece etc." ao "Feliz aniversário" que quer dizer "que chato, mais um ano da sua vida que se vai, mas não ligue e comemore — com moderação porque você não tem mais idade". Do "Feliz aniversário!" como exaltação ao "Feliz aniversário" como ironia.

Até uma certa idade, se faz festa por um ano a mais. Depois de uma certa idade, se faz festa por um ano a menos. Mas aí a festa é para disfarçar.

O valor simbólico do aniversário é que ele marca a nossa integração no Universo – ou, pelo menos, no Sistema Solar. Assim como a Terra, nós também completamos uma volta em redor do Sol, e comemoramos o feito. Não falta quem preferiria acompanhar cada volta de Saturno em torno do Sol, que levaria muito mais tempo, e economizar em cremes faciais e plásticas. Mas estamos presos à Terra e aos seus ritmos. E condenados a envelhecer junto com ela.

Antigamente (eu sou do tempo do antigamente), cantava-se só o Happy Birthday, em inglês, para o aniversariante. Depois surgiu o Parabéns a Você, não sei se por um prurido nacionalista ou porque ninguém acertava como fazer com a língua no "th" do "birthday".

Dependendo da idade do aniversariante, o trecho do Parabéns a Você que diz "muitos anos de vida" pode ser mudado para algo como "e que folha corrida!" para rimar com "data querida" sem causar constrangimento.

Fora o Parabéns em vez do "Happy Birzdei", as festas de aniversário não mudaram muito através dos anos. Novidade em matéria de velinhas só a vela que depois de apagada acende de novo, e de novo, e de novo, até o aniversariante impaciente enterrá-la no bolo com um tapa.

Festas de aniversário para crianças modernas são organizadas por empresas especializadas que cuidam de tudo, desde a decoração do ambiente até os doces e os shows de palhaços e mágicos que as crianças ignoram, preferindo fazer guerra de brigadeiros.

Mas os rituais continuam basicamente os mesmos, seja para crianças ou para adolescentes: o bolo com as velas, o Parabéns desafinado acompanhado com palmas, as meninas que vão em grupo para o banheiro e não saem mais, o menino chato que dá pontapé em todo o mundo etc., etc.

O que realmente mudou com o tempo foi a festa de aniversário para adultos. Hoje, é comum convidarem uma "stripper" (nome que nenhum prurido nacionalista ainda aportuguesou) para o entretenimento quando o aniversariante é homem. O show geralmente termina com a "stripper" nua no colo do aniversariante ou o aniversariante no colo da "stripper" nua e alguém dizendo "Se não servir, pode trocar!" ou coisa parecida.

Mas novidade mesmo é "stripper" masculino tirando a roupa em aniversário de mulher. A extensão da sua nudez depende de certos fatores, como a presença ou não na festa da tia Isoldina, que desmaiou na frente do Davi de Michelangelo, ou de não ter havido um mal-entendido — como na vez em que o "stripper" se recusou a tirar a cueca e finalmente conseguiu que ouvissem o que ele estava tentando dizer desde que batera na porta, que só estava ali para entregar uma pizza.

Confessemos: quem não gosta de ter seu aniversário lembrado? Os que dizem que não querem festejar porque não ligam para essas coisas, e "não desperdicem tempo e dinheiro comigo", e "que bobagem", e "eu nem vou estar aqui" são os que depois mais gostam da festa, e mais riem com a velinha que não apaga, e regem o Parabéns e as palmas, e, se for o caso, saem dançando com a, ou o, "stripper".

E, além de adorar todos os presentes, adoram comemorar este fato fantástico: deram outra volta no Sol, e continuam vivos.

INSTRUÇÕES

Este jogo é para crianças e adultos, mas se outros quiserem jogar também podem.

Jogam de quatro a 32 pessoas divididas em quatro equipes, desde que todas falem a mesma língua, nenhuma tenha mau hálito ou alguém na família chamado Olegário e todas caibam na mesma sala.

As equipes devem se posicionar em volta do tabuleiro de acordo com os pontos cardeais. Mesmo não sendo católicos. Se houver dúvida quanto à exata localização dos pontos cardeais, alguém deve sair à rua e se orientar pelo sol, que geralmente nasce no leste e se põe no oeste, a não ser nos polos árticos, onde esse jogo não é recomendado. À noite, deve-se procurar a constelação do Grande Bode, que tem uma pata dianteira apontada para o leste e a outra para o oeste no Hemisfério Sul e faz um gesto obsceno com as duas no Hemisfério Norte, o que não ajuda muito. Melhor perguntar a um guarda.

Para decidir quem será o primeiro a jogar, todos devem gritar bem alto "Eu! Eu!" e quem conseguir segurar os dados por mais tempo apesar de soqueado e chutado pelos outros dá início à partida. Ele deve atirar os dados pela janela e movimentar sua peça arbitrariamente pelo tabuleiro, na direção dos ponteiros do relógio — ou ao contrário, não faz diferença — até ser interpelado violentamente pelo jogador à sua esquerda.

Segue-se meia hora de confusão com pesadas acusações de parte à parte. O jogador à direita do que iniciou a partida então joga enquanto o primeiro é levado ao hospital. Como não tem dados, lança o jogador à sua esquerda sobre o tabuleiro. Novo tumulto.

O objetivo do jogo é iniciar a Terceira Guerra Mundial.

•••

Em caso de incêndio, torça a válvula A na direção de Mecca. Espere até o ponteiro do mostrador chegar à área verde e só então — atenção: só então! — pressione a válvula B, designada no aparelho pela letra C. Dirija o jato de espuma para a chama, tendo o cuidado de evitar que os indicadores D e E (ou D2, no caso do Modelo E1) se encontrem, pois neste caso o extintor se incendiará. Distorça a válvula A com uma mão, ajuste a válvula B com a outra e pressione a válvula F com a outra, até que... Olha, é melhor chamar os bombeiros.

•••

Despeje o conteúdo da lata numa panela. Controle a sua repugnância pela cor marrom e a textura pastosa do nosso concentrado. Vomitar dentro da panela só piorará as coisas.

Use a lata vazia e adicione três medidas de água à panela. Não vire o rosto senão você não acerta a panela. Agora você tem uma substância marrom e aguada.

Pegue uma colher e mexa na direção dos ponteiros do relógio. Não, aonde é que você vai? Volte e mexa a colher dentro da panela. Cantarole um trecho de Martinho da Vila. Albinoni também serve.

Deixe ferver, cuidando para não respirar muito perto da panela.

Examine a fumaça. Se aparecerem cenas do Apocalipse, é sinal que está pronto. Temperos a gosto.

Sirva em pratos fundos e leve à mesa. Ofereça ao cachorro. Jogue fora, cuidando para não atingir as plantas. O importante é que você não deixe de descolar este rótulo e mandar com seu nome e endereço para concorrer a uma maravilhosa batedeira Agit Pro nacional, com cinco velocidades para frente e duas para trás e que só falta falar, porque mímica ela já faz.

•••

Este "Químico Infantil" é um brinquedo instrutivo e perfeitamente seguro contanto que sejam tomadas algumas precauções. Nenhuma das soluções químicas deve ser ingerida, é claro, mas especial cuidado deve ser observado com a mistura de Sulfato de Porciúncula, Fantoni de Argento e Patronato de Sódio. O pequeno químico que ingerir isto ficará com longos pelos por todo o corpo e passará a perseguir gatos para fins inomináveis, além de se negar a escovar os dentes e responder mal a sua mãe até que passe o efeito.

Experiências com animais também devem ser evitadas. Ratinhos forçados a ingerir Potássio de Cloro, Arguto de Corneto e Pitombo de Ferro, por exemplo, não morrem, mas precisam gastar uma fortuna depois só para manter o hábito.

Atenção, também, para a Experiência número 17, que possibilita ao pequeno químico realizar a fissão nuclear para fins pacíficos. Não está fora de cogitação que ele queira ser o primeiro de sua turma a dominar o mundo. Neste caso, explique a ele todas as possíveis consequências disto, como longas e aborrecidas reuniões com o Secretário-Geral do Partido Comunista Russo (adaptei: o original era "com o Andropov").

Manter a caixa longe do fogo, da água e do ar.

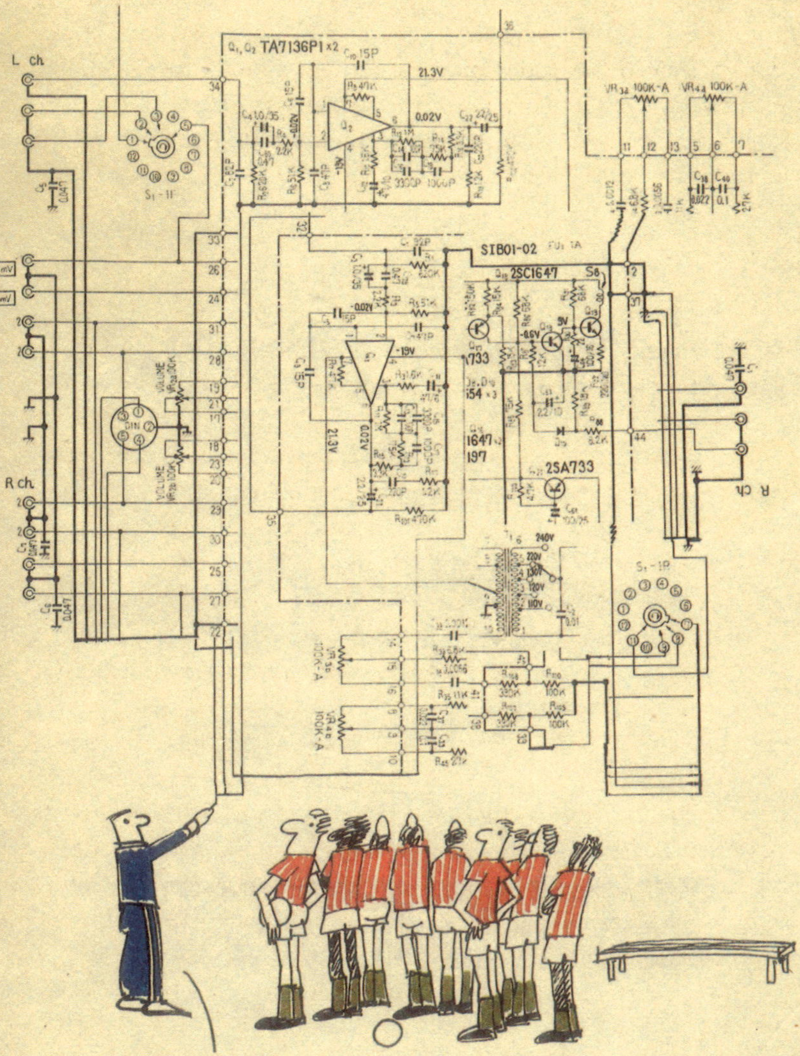

SE ISTO NÃO DER CERTO... IMPROVISEM

SIM!
AGORA!
SIM!
SIM!
SIM!
NÃO!
NÃO!
NÃO!
NUNCA!
NÃO!
SIM!
NÃO!
SIM!
SIM!
AGORA!
NÃO!
NUNCA!
NÃO!
NÃO!
SIM!
NÃO!
DEPOIS A GENTE VÊ!

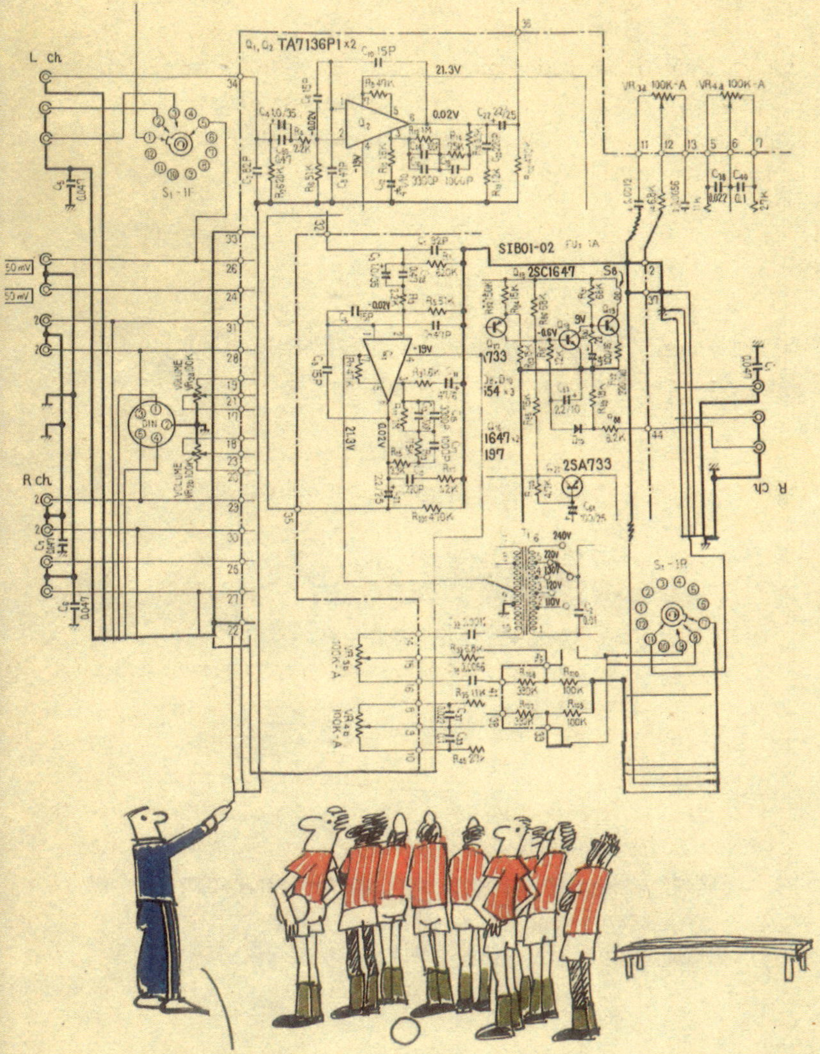

SE ISTO NÃO DER CERTO... IMPROVISEM

SIM
SIM!
AGORA!
SIM!
SIM!
NÃO!
NÃO!
NÃO!
NUNCA!
NÃO!
SIM!
NÃO!
SIM!
SIM!
AGORA!
NÃO!
NÃO!
NUNCA!
SIM!
NÃO!
NÃO!
NÃO!
SIM!
SIM!
NÃO!
DEPOIS A GENTE VÊ!

OUE

REMOS PARED

MAIORE

O EVANGELHO SEGUNDO...

"RINGO": Pô, eu primeiro? Logo o palhaço? Tá bom. Não sei onde o "John" nasceu. A mãe, o pai, não sei nada. Ele era como nós, assim, média baixa. Meu pai, por exemplo, era da PM, tocava tarol na banda da PM. Aprendi bateria batucando no tarol dele, depois que ele teve o troço nos nervos e se aposentou. O velho sempre nos deu a maior força, tirava o Fusca da garagem pra gente ensaiar. Também, era a única chance que ele tinha pra dirigir o Fusca, a mãe não deixava mais depois do troço nos nervos. Tirava o Fusca da garagem e ficava vendo os ensaios, dizia que não gostava da música, daquela loucurada, e não entendia o nome da banda, "Os Bíteus", mas dava a maior força, e foi ele que conseguiu a nossa primeira apresentação, um faixa dele da banda da PM que tocava sax num conjunto e nos apresentou prum cara que conhecia outro cara, manja? Chegamos a tocar até em rádio, naquele programa de auditório que tinha na rádio cumé mesmo? Faz tanto tempo. Foi o "Paul" quem trouxe o "John" pra banda. Era colega de escola dele. O "Paul" disse que só sabia quatro acordes e o "John" sabia outros quatro e os dois juntos dava oito, e foram eles que tiraram todas as músicas dos "Beatles", só de ouvido porque ninguém lia bulhufas. Só no ouvidão, e a gente tocava igual, nota por nota. E cantava sem entender uma palavra, a não ser "I love you". E fazia o maior sucesso. Quer dizer, enquanto a banda durou, né? Na época boa.

Ano e pouco. Ninguém ganhava nada, mas a gente se divertia paca e a banda tava começando a ficar falada, já tinha guria nos seguindo, e aí deu no que deu, né? O "John" brigou com a Cileide e começou a namorar a maluca da Beatriz que ninguém gostava, que começou a botar minhoca na cabeça dele, e dizer que ele era um predestinado e não sei mais o quê, e deu no que deu. Ainda lembro do churrasco no quintal lá de casa, que o velho assou, quando o "John" disse que ia sair da banda. Foi a última vez que eu vi ele. Depois só vi no enterro. Nem vi, a cara tava tapada, disseram que a bala tinha sido na cara. Sei lá por que mataram o "John". Ele entrou numa muito doida, a Beatriz era de outro mundo, ouvi dizer que tinha droga no meio, era outro mundo. Eu? Larguei tudo. A banda já tinha acabado, mas depois da morte do "John" sabe o que foi que eu pensei? Que não é pra dar em nada mesmo. A vida, essas coisas. Eu era o palhaço. Sabe aquele cara em que todo mundo se deita? Era eu e eu gostava. Mas quando "Os Bíteus" acabaram, e o "John" morreu, eu pensei: vou ficar na minha. Chega de palhaçada. Não era pra dar em nada mesmo. Nunca entendi bem o que aconteceu, só sei que tenho uma saudade danada da turma, e daquele tempo.

Sou almoxarife da prefeitura. Quer dizer, era. Me aposentei. Nervos.

"PAUL": O bonitinho do grupo era eu, mas quem fazia sucesso com as meninas era o "John". O "Ringo" disse que eu só sabia quatro acordes? Brincadeira, o "Ringo" sempre foi muito brincalhão. Na verdade eu era o único do grupo que conhecia música. Nós tínhamos um piano em casa. Era uma casa modesta, mas tinha um piano, minha mãe tocava. Aliás, a mãe do "Ringo" costurava para a minha mãe. E eu tive aulas, de piano, de solfejo, depois de violão. O "John" não sabia nada, mas tinha um bom ouvido. O pouco que ele sabia de música aprendeu comigo. Nos conhecíamos desde o primário, mas o que nos aproximou mesmo foi a música. E os "Beatles". Eu já tinha começado a tocar com o "Ringo", que sempre foi um péssimo baterista, mas era um cara divertido, e com o "George", que vivia nas nuvens, mas tocava direitinho, e tive a ideia de trazer o "John" para o grupo e começar "Os Bíteus". Fizemos sucesso, sim. Bom, estávamos começando a fazer sucesso, um pouco, aí surgiu a Beatriz na vida do "John"... Mas é sempre assim, não é? Há sempre uma mulher para separar os amigos, para desmanchar o bando, para pôr fim à nossa juventude. E é bom: que seja assim, senão seríamos garotos pela eternidade, "turminha" para sempre, ridículos. Até a morte do "John" foi simbólica. Acho que ele morreu por nós, sim, mas não como um Cristo, não esse negócio místico do "George". Morreu porque foi ele que rompeu o encanto e trocou o bando de amigos pela mulher fatídica. Foi o primeiro dos "Bíteus" a ficar mortal, por isso foi o primeiro a morrer. Para nos ensinar, entende? Pois é, o profundo, segundo a Beatriz, era o "John", eu era só o bonitinho, mas tenho pensado muito nessas coisas. Por que mataram o "John"? Não interessa. Para a nossa história não interessa. Fui ao enterro. Fui o único a tirar o lenço do seu rosto. Mais do que ninguém, eu precisava ver seu rosto furado. Ele morreu mesmo por mim. Afinal, nos conhecíamos desde o primário. Abracei a Cileide, mas nem falei com a Beatriz. Abraçar a Beatriz seria como abraçar a morte. Larguei a música, sim. O que que eu faço? Na verdade, não faço nada. Me recolhi à minha mediocridade. Minha mulher é sócia num curtume. Eu bebo, quer saber? Eu bebo, e penso muito.

"GEORGE": A Beatriz tinha razão, o "John" era um predestinado. Vi isso na primeira vez em que nos encontramos, na garagem da casa do "Ringo". Ele não era do nosso mundo, a Cileide não era para ele, "Os Bíteus" não era para ele, nem ele era para ele. O "Paul" entendeu tudo errado. Pensa que o "John" morreu por ele, que o "John" morreu para deixar ele filosofando sobre a vida. O "Paul" sempre foi um egocêntrico, acho até que era meio veado. O "John" ia nos mostrar o caminho para outro tipo de vida, outro tipo de consciência, ele ia nos salvar vivendo. Se ele tivesse vivido, não sei o que nós seríamos hoje, mas seríamos melhores. Mas houve aquela ciumeira com a Beatriz, o "Paul" nunca aceitou a Beatriz, e o "John" teve de se afastar de nós. O "Ringo" contou do último churrasco, do que o "John" disse no último churrasco? Ele olhou bem pra mim e disse uma frase que eu nunca vou esquecer. "Não vai haver outra vez." Assim, sem mais nem menos, olhando para mim, com o copo de cerveja erguido. E não houve outra vez mesmo.

Nunca mais. Nada parecido. Deixamos passar uma oportunidade. Não sei se de ser ou fazer o quê, nem ele sabia, só sabia que deixamos passar. Não sinto que a banda tenha acabado não. Sem o "John" seríamos um grupo de malditos. Pelo menos assim cada um é maldito pra seu lado. Tenho esta barraca, vou me virando, minha mulher diz que nós estamos quebrados, não sei não. Pelo menos é bom saber que alguém ainda se lembra dos "Bíteus". Vai um mel puro?

LIBERDADE

É livre quem pode fazer o que quiser — dentro das suas limitações de espaço, tempo, energia e recursos. Só se é livre dentro de certos limites. Portanto, toda liberdade é condicional.

Só é totalmente livre quem pode exercer a sua vontade sem qualquer limitação moral ou material. Isto é: o tirano. Assim, a liberdade suprema só existe nas tiranias.

Dizer que a minha liberdade termina onde começa a liberdade do outro é muito bonito. Mas e se a liberdade foi mal distribuída e o meu vizinho tem um latifúndio de liberdade enquanto a minha é um quintal de liberdade, liberdade mesmo que tadinha? Não é feio sugerir um reestudo da divisão.

Cuidado com quem dá aos outros toda a liberdade. Geralmente é quem pode tirá-la.

Há os que passam o dia inteiro livres e chegam em casa se queixando disso. São os motoristas de táxi. Toda liberdade é relativa.

Toda liberdade é relativa. Verdade exemplarmente ilustrada por este diálogo entre o preso e o carcereiro.

— Nunca mais vou sair daqui.

— Calma. Não desanime.

— Não tem jeito. Estou aqui para sempre.

— Vou ver o que posso fazer por você.

— Não adianta. Estou condenado. Desta prisão eu não saio. Se esqueceram de mim.

— Eu não esquecerei. Voltarei para visitá-lo.

— Promete? — diz o carcereiro.

Quem é livre às vezes não sabe. Quem não é livre sempre sabe. Ou será o contrário? A gente vê tanta gente inexplicavelmente feliz.

Alguns são obcecados pela liberdade e prisioneiros da sua obsessão.

Os loucos são livres e vivem presos por isso.

Poderia se dizer que livre, livre mesmo, é quem decide de uma hora para outra que naquela noite quer jantar em Paris e pega um avião. Mas mesmo este depende de estar com o passaporte em dia e encontrar lugar na primeira classe. E nunca escapará da dura realidade de que só chegará em Paris para o almoço do dia seguinte. O planeta tem seus protocolos.

Fala-se em liberdade como se ela fosse um absoluto. Mas dizer "eu quero ser livre" é o mesmo que dizer "eu quero" e não dizer o quê. Existe a Liberdade De e a Liberdade Para. Não é uma questão apenas de preposições e semântica. É a questão do mundo. O liberalismo clássico iconizou a Liberdade Para. Você é livre se tem liberdade para dizer o que pensa e fazer o que quer, para ir e vir e exercer o seu individualismo até o fim, ou até o limite da liberdade do outro. A ideia de que a verdadeira liberdade é a Liberdade De é recente. Livre de verdade é quem é livre da fome, da miséria, da injustiça, da liberdade predatória dos outros. A ideia é recente porque antes era inconcebível.

Ser livre do despotismo era automaticamente ser livre para o que se quisesse, para a vida e a procura individual do paraíso. Foi preciso uma virada no pensamento humano para concluir que Liberdade

Para e Liberdade De não eram necessariamente a mesma liberdade e outra virada para concluir que eram antagônicas. A última virada é a decisão de que uma liberdade precisa morrer para que a outra viva. Não concorde com ela muito rapidamente.

Enfim, de todos os crimes que se cometem em nome da liberdade, o pior é a retórica.

Mas eu desconfio que a única pessoa livre, realmente livre, completamente livre, é a que não tem medo do ridículo.

POR FAVOR,
AQUI NÃO

JÁ OUVIU A PRIMEIRA?

FINAIS

Ideia para três contos.

Um posto de gasolina. Noite. Dois carros entram no posto quase ao mesmo tempo. Um dirigido por um homem, o outro por uma mulher. Para simplificar: João e Maria. Os dois com idades parecidas, jovens. Enquanto os frentistas abastecem os dois carros, entra no posto um terceiro carro. Pela janela do terceiro carro, uma mulher grita, desesperada:

— Me ajudem! Me ajudem!

Os frentistas ficam paralisados. João e Maria não sabem o que fazer. Se a mulher está sendo assaltada, não querem chegar perto. Mas a mulher grita:

— Eu estou tendo um filho!

Os quatro correm para acudi-la.

A mulher está sozinha no carro. João se oferece para levá-la a um hospital.

Ela grita:

— Não dá tempo! Não dá tempo!

— Tem que ser aqui mesmo — diz Maria. — No banco de trás.

Transferem a mulher para o banco de trás. Um dos frentistas vai chamar uma ambulância. O outro vai buscar uma toalha, um pano limpo, lenço de papel, qualquer coisa.

João para Maria:

— Você sabe o que fazer?

— Não tenho a menor ideia. Você?

— Acho que é só esperar e, sei lá. Aparar a criança.

Mulher:

— Ai. Já vem. Ai, meu santíssimo. Já vem!

João:

— Calma.

Maria, para a mulher:

— Segura a minha mão. E faz força.

João:

— Calma.

Mulher:

— Está saindo! Está saindo!

Quando a ambulância chega o bebê já nasceu. Mãe e filho são levados para um hospital. João abraça Maria, que está tendo uma crise de choro. Maria, quando consegue se controlar, diz:

— Não sei como você pôde ficar tão calmo.

— Não era calma. Era pavor.

— Você viu que o bebê tinha uma marquinha no braço? Um coraçãozinho.

— Não vi. Só vi que era homem.

— Que ideia da mulher, dirigindo grávida. Devia estar indo pro hospital. Sozinha. Por que ela estava sozinha?

— Isso nós nunca saberemos.

— Mas nós nunca vamos esquecer esta noite, vamos?

— Nunca.

E os dois se dão "tchau", entram nos seus carros, pagam pela gasolina e saem, cada um para um lado.

•••

Final 1

Dez anos depois, João e Maria se reencontram num navio de cruzeiro, rumando para a Patagônia. Ela está com o marido. Não o reconhece. Ele diz:

— Fizemos um parto juntos, lembra?

Ela:

— Você!

Ele:

— Nunca me esqueci do seu rosto segurando a mão daquela mulher. Acho que foi a coisa mais bonita que eu vi na minha vida.

Ela diz que nunca esqueceu aquela mulher sozinha, tão terrivelmente sozinha.

Ele diz:

— Eu nunca esqueci você.

E conta que está no cruzeiro para se recuperar do terceiro divórcio.

•••

Final 2

Um dia depois, João e Maria se reencontram na recepção do hospital onde os dois foram visitar a mãe e o recém-nascido. Têm dificuldade em descobri-los, pois não sabem o nome da mulher. Finalmente descobrem. Mãe e filho passam bem. A mulher se chama Irma e o menino Rudimar ("Nome do avô", diz a mulher). João e Maria aceitam ser os padrinhos de Rudimar. No batismo, os dois já estão de mãos dadas. Irma e Maria acabam abrindo uma butique juntas, mas Irma nunca conta a Maria por que estava sozinha naquela noite.

•••

Final 3

Quinze anos depois, João e Maria se cruzam na rua. Os dois se reconhecem, se abraçam e ele a convida para tomarem um chope num bar. O bar é assaltado por um garoto armado. João se levanta para reagir. Segundos antes de o garoto disparar contra os dois, Maria vê que ele tem um sinal no braço. Um coraçãozinho.

QUER OUVIR A ÚLTIMA?

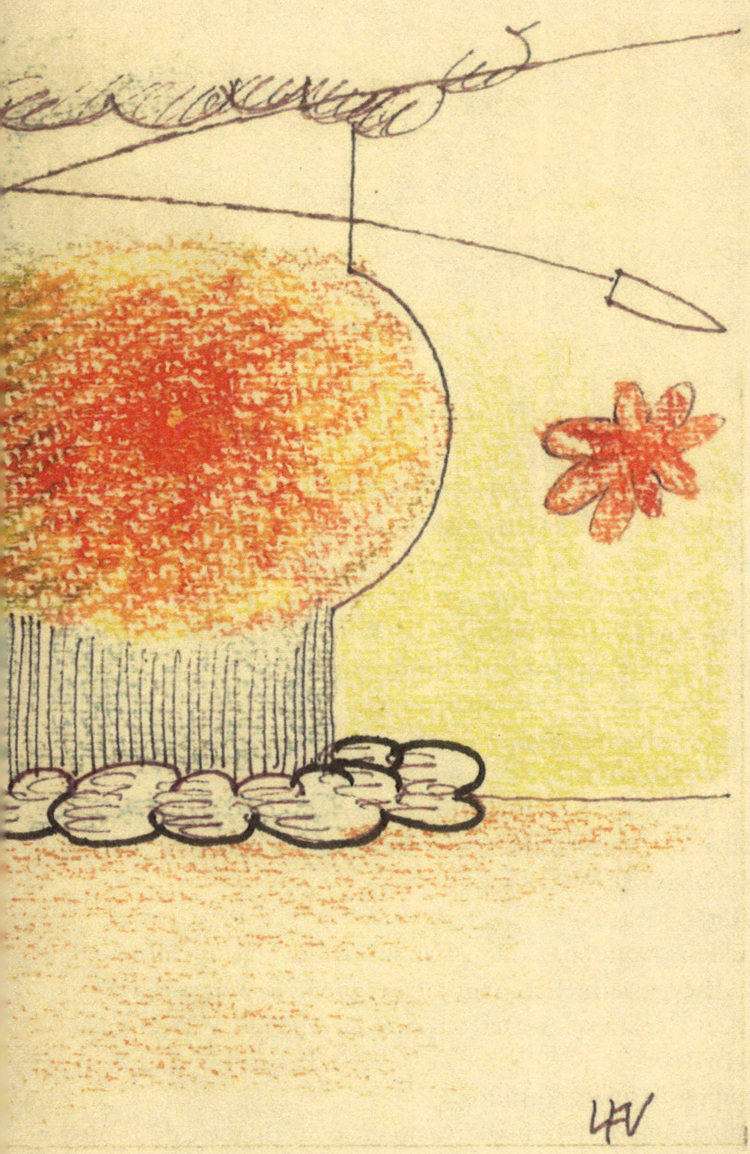
LFV

O BEM CONTRA O MAL

A eterna luta do Bem contra o Mal. Deus contra o Diabo.

Na arte medieval, a briga entre os dois era graficamente representada em quadros, autos e rituais. O Homem Virtuoso jogando xadrez com a Morte. As hostes do Céu contra as hostes do Inferno. O Anjo da Luz contra o Príncipe das Trevas... Hoje em dia, como fazer para mostrar este antigo confronto?

Deus e o Diabo, por exemplo, numa luta de boxe.

— Neste canto, senhoras e senhores, sem peso, vestindo roupão branco cravejado de estrelas, com seus segundos alados, o Onipotente, o Onipresente, o Onisciente, a Patrola do Paraíso, o Demolidor Divino, o Bombardeador da Beatitude, o maior de todos... DEUS NOSSO SENHOR!

(Palmas. Vivas.)

— E neste canto, pesando 90 quilos sem contar os chifres e os cascos, de capa vermelha sobre calções pretos bem justos, o Desprezível, o Deplorável, o Detestável, o Desalmado, o Desagradável... DIABO!

(Apupos. Assovios. Insultos.)

O juiz reúne os dois lutadores no meio do ringue e dá as últimas instruções.

— Nada de golpes abaixo da cintura. Nada de segurar a cabeça do adversário por trás para bater ou cuspir no seu olho. Nada de pisões no pé. Entendido?

— Por que você só diz isso pra Mim? — pergunta Deus.

— Porque para ele seria inútil — responde o juiz, indicando o Diabo.

Começa a luta. Deus e o Diabo trocam *jabs*, estudando-se. Normalmente, Deus seria o favorito e o Diabo não teria uma chance, mas as apostas nos dois são mais ou menos parelhas. Afinal, estamos em Las Vegas.

•••

Surf. O Diabo pediria a desclassificação de Deus porque Ele andaria nas ondas sem a prancha.

•••

Frescobol na praia. Deus ganharia porque o Diabo não conseguiria manter a atenção no jogo.

•••

Deus e o Diabo jogam xadrez. O vencedor enfrentará o campeão russo pelo título do Universo.

Deus com as brancas, claro. O Diabo protesta contra as luzes da televisão, o cachê, o ruído da plateia e o fato de os seus bispos se recusarem a avançar contra Deus.

•••

Deus e o Diabo na Fórmula 1.

Deus numa Lotus azul-celeste, o Diabo numa Ferrari vermelha. Deus está na pole-position, Deus está na segunda fila, Deus está na terceira fila — Deus está em toda parte.

Antes da corrida, Deus é entrevistado e revela sua estratégia.

— Fé em Mim e pé na tábua.

Sem ser visto, um diabinho do boxe do Diabo afrouxa as porcas das rodas do Todo-Poderoso.

O resultado final é discutido. Deus se espatifa contra o *guard-rail*, morre e vai para casa mais cedo, mas o Espírito Santo continua na corrida e vence. O Diabo protesta, invocando uma tecnicalidade. O Pai, o Filho e o Espírito Santo são uma pessoa só, certo? Então, se o Espírito Santo chegou em primeiro, o Filho chegou em 17º, atrás de uma Benetton. Na média, Deus chegou em nono. A decisão fica a cargo da Comissão de Teologia e Corridas.

•••

Deus e o Diabo jogam pôquer.

Deus, que tudo pode, se quisesse, poderia fazer, do nada, dois ases para completar o "four". Mas hesita, para não estragar a Sua imagem. Já o Diabo é obrigado a tirar os ases da manga para não comprometer a sua. Mas Deus, que tudo vê, o acusa de trapaceiro. O Diabo vira a mesa.

•••

A decisão vai para os pênaltis. Cinco para cada lado. Conhecendo o Diabo, Deus sabe que ele fará mira na esquerda mas chutará na direita, mas é tão endiabrado que, sabendo que Deus sabe que ele tentará enganá-lo, pode chutar na esquerda mesmo, jogando na própria má reputação, pois sabe que Deus bota a bola onde quer mas chuta onde mira e...

GENTE-CASA

Existe gente-casa e gente-apartamento. Não tem nada a ver com o tamanho: há pessoas pequenas que você sabe, só de olhar, que dentro têm dois pisos e escadarias, e pessoas grandes com interior apertado, sala quitinete. Também não tem nada a ver com caráter. Gente-casa não é necessariamente melhor do que gente-apartamento. A casa que alguns têm por dentro pode estar abandonada, a pessoa pode ser apenas uma fachada para uma armadilha ou um bordel. Já uma pessoa-apartamento pode ter um interior simples, mas bem ajeitado e agradável. É muito melhor conviver com um dois-quartos, sala, cozinha e dependências do que com um labirinto.

Algumas pessoas não são apenas casas. São mansões. Com sótão e porão e tudo o que esses comportam, inclusive baús antigos, fantasmas e alguns ratos. É fascinante quando alguém que você não imaginava ser mais do que um apartamento com, vá lá, uma suíte, de repente se revela um sobrado com pátio interno, adega e solário. É sempre arriscado prejulgar: você pode começar um relacionamento com alguém pensando que é um quarto e sala conjugado e se descobrir perdido em corredores escuros, e quando abre uma porta, dá no quarto de uma tia louca. Pensando bem, todo mundo tem uma casa por dentro, ou no mínimo, bem lá no fundo, um porão. Ninguém é simples. Tudo, afinal, é só a ponta de um iceberg (salvo ponta de iceberg, que pode ser outra coisa), e muitas vezes quem aparenta ser apenas uma cobertura funcional com qrt. sal. lavab. e coz. só está escondendo suas masmorras.

É A CASA COM
QUE EU SONHAVA
DESDE QUE
ERA CRIANÇA

VERSÕES

Vivemos cercados pelas nossas alternativas, pelo que podíamos ter sido. Ah, se apenas tivéssemos acertado aquele número (unzinho e eu ganhava a sena acumulada), topado aquele emprego, completado aquele curso, chegado antes, chegado depois, dito sim, dito não, ido para Londrina, casado com a Doralice, feito aquele teste...

Agora mesmo neste bar imaginário em que estou bebendo para esquecer o que não fiz — aliás, o nome do bar é Imaginário —, sentou um cara do meu lado direito e se apresentou:

— Eu sou você, se tivesse feito aquele teste no Botafogo.

E ele tem mesmo a minha idade e a minha cara. E o mesmo desconsolo.

— Por quê? Sua vida não foi melhor do que a minha?

— Durante um certo tempo, foi. Cheguei a titular. Cheguei à seleção. Fiz um grande contrato. Levava uma grande vida. Até que um dia...

— Eu sei, eu sei... — disse alguém sentado ao lado dele.

Olhamos para o intrometido... Tinha a nossa idade e a nossa cara e não parecia mais feliz do que nós. Ele continuou:

— Você hesitou entre sair e não sair do gol. Não saiu, levou o único gol do jogo, caiu em desgraça, largou o futebol e foi ser um medíocre propagandista.

— Como é que você sabe?

— Eu sou você, se tivesse saído do gol. Não só peguei a bola como me mandei para o ataque com tanta perfeição que fizemos o gol da vitória. Fui considerado o herói do jogo. No jogo seguinte, hesitei entre me atirar nos pés de um atacante e não me atirar. Como era um herói, me atirei... Levei um chute na cabeça. Não pude ser mais nada. Nem propagandista. Ganho uma miséria do INSS e só faço isto: bebo e me queixo da vida. Se não tivesse ido nos pés do atacante...

— Ele chutaria para fora.

Quem falou foi o outro sósia nosso, ao lado dele, que em seguida se apresentou.

— Eu sou você se não tivesse ido naquela bola. Não faria diferença. Não seria gol. Minha carreira continuou. Fiquei cada vez mais famoso, e agora com fama de sortudo também. Fui vendido para o futebol europeu, por uma fábula. O primeiro goleiro brasileiro a ir jogar na Europa. Embarquei com festa no Rio...

— E o que aconteceu? — perguntamos os três em uníssono.

— Lembra aquele avião da Varig que caiu na chegada em Paris?

— Você...

— Morri com 28 anos.

Bem que tínhamos notado sua palidez.

— Pensando bem, foi melhor não fazer aquele teste no Botafogo...

— E ter levado o chute na cabeça...

— Foi melhor — continuou — ter ido fazer o concurso para o serviço público naquele dia. Ah, se eu tivesse passado...

— Você deve estar brincando.

Disse alguém sentado à minha esquerda. Tinha a minha cara, mas parecia mais velho e desanimado.

— Quem é você?

— Eu sou você, se tivesse entrado para o serviço público.

Vi que todas as banquetas do bar à esquerda dele estavam ocupadas por versões de mim no serviço público, uma mais desiludida do que a outra. As consequências de anos de decisões erradas, alianças fracassadas, pequenas traições, promoções negadas e frustração. Olhei em volta. Eu lotava o bar. Todas as mesas estavam ocupadas por minhas alternativas e nenhuma parecia estar contente. Comentei com o barman que, no fim, quem estava com o melhor aspecto, ali, era eu mesmo. O barman fez que sim com a cabeça, tristemente. Só então notei que ele também tinha a minha cara, só com mais rugas.

— Quem é você? — perguntei.

— Eu sou você, se tivesse casado com a Doralice.

— E...?

Ele não respondeu. Só fez um sinal com o dedão virado para baixo.

MUITO ESTRANHO

Agora estranho, muito estranho, foi o que aconteceu com o Alvarinho e a Maria de Lourdes, que estavam dormindo uma noite — eles juram que não tinham bebido nem cheirado nada, e mesmo o buraco está lá para quem quiser ver — quando foram acordados por dois homens que entravam no quarto pelo teto. Ladrões, pensaram, claro. Mas nenhum dos dois homens parecia se dar conta de que o casal estava ali, na cama. Simplesmente ignoraram o casal. Desceram até o chão usando uma escada de corda e começaram a examinar o quarto. Carregavam mochilas nas costas e as picaretas com que tinham furado o teto e examinavam cada canto do quarto com lanternas poderosas. Pareciam muito excitados. Falavam português, mas um português diferente. Um deles disse "Segunda metade do século XX" e o outro disse "Será?" e o primeiro disse "Iesse, iesse", que devia ser "Sim, sim", e depois disse "Tudo perfeitamente conservado, é fantastic" e o outro "É um quarto de dormir, olha a cama de casal. E as lâmpadas! Século XX, decidedly, século XX" e o outro "Esta pode ser a descoberta arqueológica do nosso tempo!". O Alvarinho e a Maria de Lourdes se entreolhavam, sem saber o que fazer, e os dois homens examinavam tudo no quarto, os armários, as roupas — deram muitas risadas com as meias-calças de Maria de Lourdes — e depois puseram-se a fotografar tudo com câmeras estranhíssimas, e o pior foi que um deles chegou a pegar no dedão do Alvarinho e dizer "Isso aqui não parece uma falange humana?". Depois subiram pela escada de corda e desapareceram pelo buraco no teto, dizendo alguma coisa sobre buscar o resto da expedição. O Alvarinho e a Maria de Lourdes não entendem o que aconteceu, mas o fato é que desde então não conseguem dormir direito, e todos concordam que não é para menos.

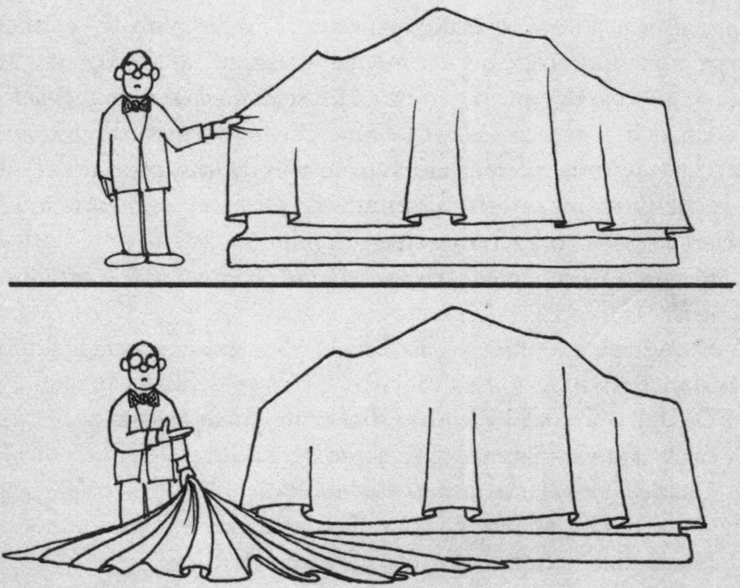

BARRICADA

Um dia, irmão, comemoraremos nossa vitória com um banquete. Todos os que lutaram, ou que só usaram o barrete. E bêbados de nós mesmos, a mesa coberta com os destroços do combate — difícil dizer o que é sangue e o que é molho de tomate —, brindaremos as cadeiras vazias dos que lá não estão. Os fantasmas de uma geração.

Um que morreu no exílio e foi devorado por vermes estrangeiros.

Um que enlouqueceu um pouco e tem delírios passageiros. O que comprou um sítio em Cafundós do Oeste e nos manda fotos tristes dos seus pés em tamancos.

O que nós só vemos na rua, esbaforido, correndo entre dois bancos.

O que era anarquista e acabou na IBM. O que era poeta maldito e acabou na MPM.

O que casou com a Vivinha e dizem que come a sogra.

O que era seminarista e dizem que transa droga.

Um que ia mudar o mundo, e se mudou.

O que ia ser o melhor de nós todos, e vacilou.

Nossa Rosa Luxemburgo, que abriu uma butique.

Nosso quase Che Guevara, que hoje vive de trambique.

Restaremos você e eu, irmão.

E os balões circundarão nossas cabeças como velhos remorsos. E o pianista ruirá sobre as teclas como o Império Bizantino. E os garçons olharão o relógio e desejarão a nossa morte.

Seremos sentimentais e um pouco arrogantes.

Danem-se nossas trapalhadas, estivemos nas barricadas!

Esta civilização nos deve, pelo menos, outra rodada.

Um dia, irmão, um dia.

Você proporá um brinde à razão e nossos copos vazios, com o choque, explodirão. Eu cantarei velhos hinos revolucionários, sob protestos dos vizinhos, certamente reacionários.

Brindaremos à fraternidade universal e à luta anti-imperialista e à Nena do Tropical, que dava desconto pra esquerdista.

Choraremos um pouco. E cataremos, entre as migalhas da mesa — como oráculos o futuro nas vísceras de um cágado —, vestígios do nosso passado.

O toco de um Belmonte Liso.

Meu Deus, o meu dente do siso!

Bilhetes de loteria que nunca deram e de namoradas que também não.

A letra semiapagada de Great Pretender.

Um tostão.

Bêbados de autopiedade, brindaremos esta cidade onde nascemos e morremos mais de uma vez (só eu foram três) mas salvamos do inimigo. Nosso reino, nosso umbigo.

Não temos placas na rua como heróis da Resistência, mas temos a consciência de que os bárbaros não passaram.

Mas sei que no fim desses disse que disses os dois prostrados como mães de misses já com aquele olhar do Ulysses você me dirá no nariz, com um bafo que, bem aproveitado, seria uma força motriz:

— Como, heróis? Como, não passaram? Meu querido, não te falaram?

E completará com um gargalo, a caminho do assoalho:

— Os bárbaros ganharam!

FANTASMA

Já me vi jogando bolita
e, o topete duro de Gumex,
namorando na porta do cinema Rex.
E, no outro dia, ou muito me engano
ou era eu correndo pra pegar um bonde.
A gente vai deixando fantasmas
pelo caminho, como fiapos de algodão-doce.
E o pior é que eles nem nos cumprimentam.

VITROLA EDITORA E DISTRIBUIDORA LTDA.
Rua das Camélias, 321 – Aparecida
CEP: 98400-000 – Frederico Westphalen – RS
Tel.: (55) 3744-6878
editora@vitrola.com.br
www.vitrola.com.br

Martha Medeiros

Concepção e Curadoria
Daniel Kondo

Direção Editorial
Suzanne Borela

Organização
Maria Amélia Dalvi

Capa e Projeto Gráfico
Kondo Estudio

Revisão
Alana Fernandes

Assistência Editorial
Tayná Werlang De Carli

Dados Internacionais de Catalogação na Publicação (CIP)
(Câmara Brasileira do Livro, SP, Brasil)

Medeiros, Martha
Dose única : Martha Medeiros / Daniel Kondo ; organização Maria Amélia Dalvi. -- Frederico Westphalen, RS : Vitrola Editora, 2025. -- (Coleção dose única)

ISBN 978-65-6030-070-5

1. Literatura brasileira - Coletâneas 2. Medeiros, Martha 3. Reflexões I. Kondo, Daniel. II. Dalvi, Maria Amélia. III. Título. IV. Série.

25-258096 CDD-B869.8

Índices para catálogo sistemático:
1. Literatura brasileira : Coletâneas B869.8
Cibele Maria Dias - Bibliotecária - CRB-8/9427

COLEÇÃO DOSE ÚNICA

Martha Medeiros

ilustrado por

Daniel Kondo

vitrola

A coleção *Dose Única* traz ao público textos selecionados pela escritora Martha Medeiros, pílulas de pensamento, ousadia, humor, questionamento.

O leitor *habitué* de Martha Medeiros vai (re)encontrar aqui algumas de suas sínteses célebres, em reflexões que vêm pondo o público brasileiro contemporâneo para pensar, ao mesmo tempo que tocam a sensibilidade nesse mundo embrutecido do qual a ternura parece ter sido expulsa.

Transitando com desenvoltura entre as grandes questões humanas desde tempos imemoriais e constatações muito específicas de nosso tempo, a escritora rasura a tênue linha entre alta-costura e artesanato, em nossa língua.

O leitor que ainda não teve um encontro com a obra de Martha Medeiros tem neste volume uma introdução em grande estilo: nas páginas seguintes, os temas e recursos expressivos mais recorrentes da autora se mostram vigorosamente em textos curtos, que podem ser lidos na sequência proposta ou, ainda, em uma ordem guiada pelo próprio desejo e criatividade.

Os textos foram selecionados pela autora, a partir de páginas impressas ou virtuais, de caracteres de imprensa ou *bits* e *bytes* nas redes sociais: a nova disposição, proposta pela organizadora do volume, com a cuidadosa edição da equipe editorial da Vitrola, produz outros sentidos, enriquecidos pelo traço inconfundível de Daniel Kondo – ele mesmo um coautor e primo-ledor dessa reordenação.

Esbaldem-se!

Maria Amélia Dalvi (Organizadora)
Primavera de 2024

SUMÁRIO

PARTE I

O tempo é a minha matéria

O tempo é a minha matéria,
o tempo presente,
os homens presentes,
a vida presente.
(Carlos Drummond de Andrade)

Eu penso conforme o tempo
eu danço conforme o passo
eu passo conforme o espaço
eu amo conforme a fome
eu como conforme a cama
eu sinto conforme o mundo
mas, no fundo, eu não me conformo

Quero que o fato de ter
uma vida prática e sensata
não me roube o direito
ao desatino.

Que eu nunca aceite a ideia
de que a maturidade
exige certo conformismo.

Que eu não tenha medo
nem vergonha de ainda desejar.

Cinema é melhor que pipoca.
Conversa é melhor que piada.
Beijar é melhor que fumar.
Exercício é melhor que cirurgia.
Humor é melhor que rancor.
Amigo é melhor que *influencer*.
Economia é melhor que dívida.
Pergunta é melhor que dúvida.

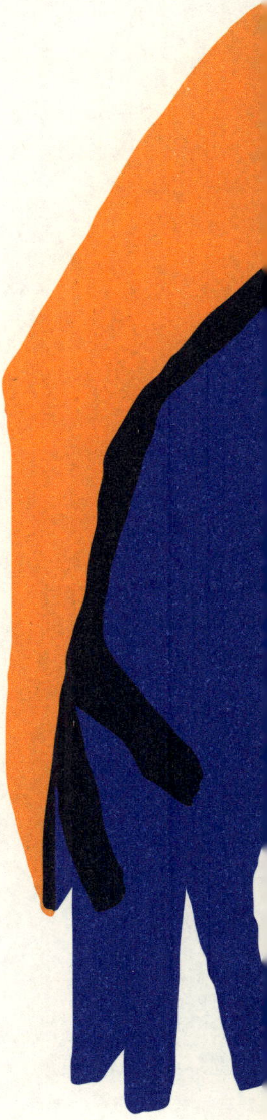

Sou virgem do Canadá, da Índia, da Polinésia. Sou virgem de helicóptero, Jack Daniels, revólver, análise, transa em elevador, LSD, Harley-Davidson, cirurgia, rafting, show do Neil Young, siso e passeata.

A virgindade existencial nos acompanha até o fim dos dias, especialmente no último, pois somos todos castos frente à morte, nossa derradeira experiência inédita.

Morre lentamente quem não vira a mesa quando está infeliz no trabalho, quem não arrisca o certo pelo incerto atrás de um sonho, quem não se permite, uma vez na vida, fugir dos conselhos sensatos.

Não espere
por um diagnóstico,
não espere
por uma data
redonda,
não espere que
algo grandioso
aconteça para
começar a fazer
o que tem vontade.

Ter nascido
já foi grandioso
o suficiente.

Todos os dias
chove ou faz sol,
está frio ou
quente,
úmido ou seco,
e a cada manhã
isso nos parece
um fenômeno sobrenatural
e espantoso.

Não consigo molhar os pés apenas
eu mergulho e só paro quando me afogo
eu me queimo e só paro quando derreto
eu me jogo e só paro quando me param

Sou uma mulher madura
que às vezes anda de balanço
Sou uma criança insegura
que às vezes usa salto alto
Sou uma mulher que balança
Sou uma criança que atura

Envelhecer, quem sabe
não seja assim tão desastroso
me interessa perder essa ansiedade
me atrai ser atraente mais tarde
um pouco mais de idade, que importa
envelhecer, quem sabe
não seja assim tão só

Aspiração em mesa de cirurgia:
doutor, não quero tirar culote,
barriga ou pedaço da coxa
deixe o corpo como está
que tenho mais o que perder.
Arranque-o de mim, doutor,
é deste amor que preciso emagrecer.

Quando chegar aos 30
serei uma mulher de verdade
nem amélia, nem ninguém
um belo futuro pela frente
e um pouco mais de calma, talvez

e quando chegar aos 50
serei livre, linda e forte
terei gente boa do lado
saberei um pouco mais do amor
e da vida, quem sabe

e quando chegar aos 90
já sem força, sem futuro, sem idade
vou fazer uma festa de prazer
convidar todos que amei
registrar tudo que sei
e morrer de saudade

Quanto mais escrava
mais escrevo
para libertar essa mulher da vida
que me habita

De mim que tanto falam
quero que reste o que calei
que tanto rezam por mim
quero que fique o que pequei
de mim, que tanto sabem
quero que saibam
que não sei

Mulherão é aquela que pega
dois ônibus para ir para o trabalho
e mais dois para voltar, e quando
chega em casa encontra um tanque
lotado de roupa e uma família
morta de fome.

Mulherão é aquela que
vai de madrugada para
a fila garantir matrícula na escola
para os filhos e aquela aposentada
que passa horas
em pé na fila do banco
para buscar uma pensão
de poucos reais.

Mulherão é a empresária
que administra dezenas
de funcionários
de segunda a sexta,
e uma família
todos os dias da semana.

Mulherão é quem
volta do supermercado
segurando várias sacolas depois
de ter pesquisado preços e feito
malabarismo com o orçamento.

Mulherão é aquela
que se depila, que passa cremes,
que se maquia, que faz dieta,
que malha, que usa salto alto,
meia-calça, ajeita o cabelo e se
perfuma, mesmo sem nenhum
convite para ser capa de revista.

Saibamos parar a tempo.

De falar.
De forçar.
De beber.
De postar.

Todo vexame advém
da falta de *timing*.

O ego descontrolado é uma doença
que se tornou epidêmica, um vexame,
só que ninguém se envergonha, ao contrário,
cada um luta pelo seu quinhão
de seguidores e bajuladores.

Uma humilhação viver em função disso.

Adoro massas cinzentas,
detesto cor-de-rosa.

Penso como um homem,
mas sinto como mulher.

Não me considero
vítima de nada.

Sou autoritária, teimosa
e um verdadeiro desastre
na cozinha.

Peça para eu arrumar
uma cama e estrague
meu dia.

Vida doméstica
é para os gatos.

O que faço de bom
faço malfeito

pareço artificial
quando sincera

mera falta de jeito
pra viver

sou a filha predileta
do defeito

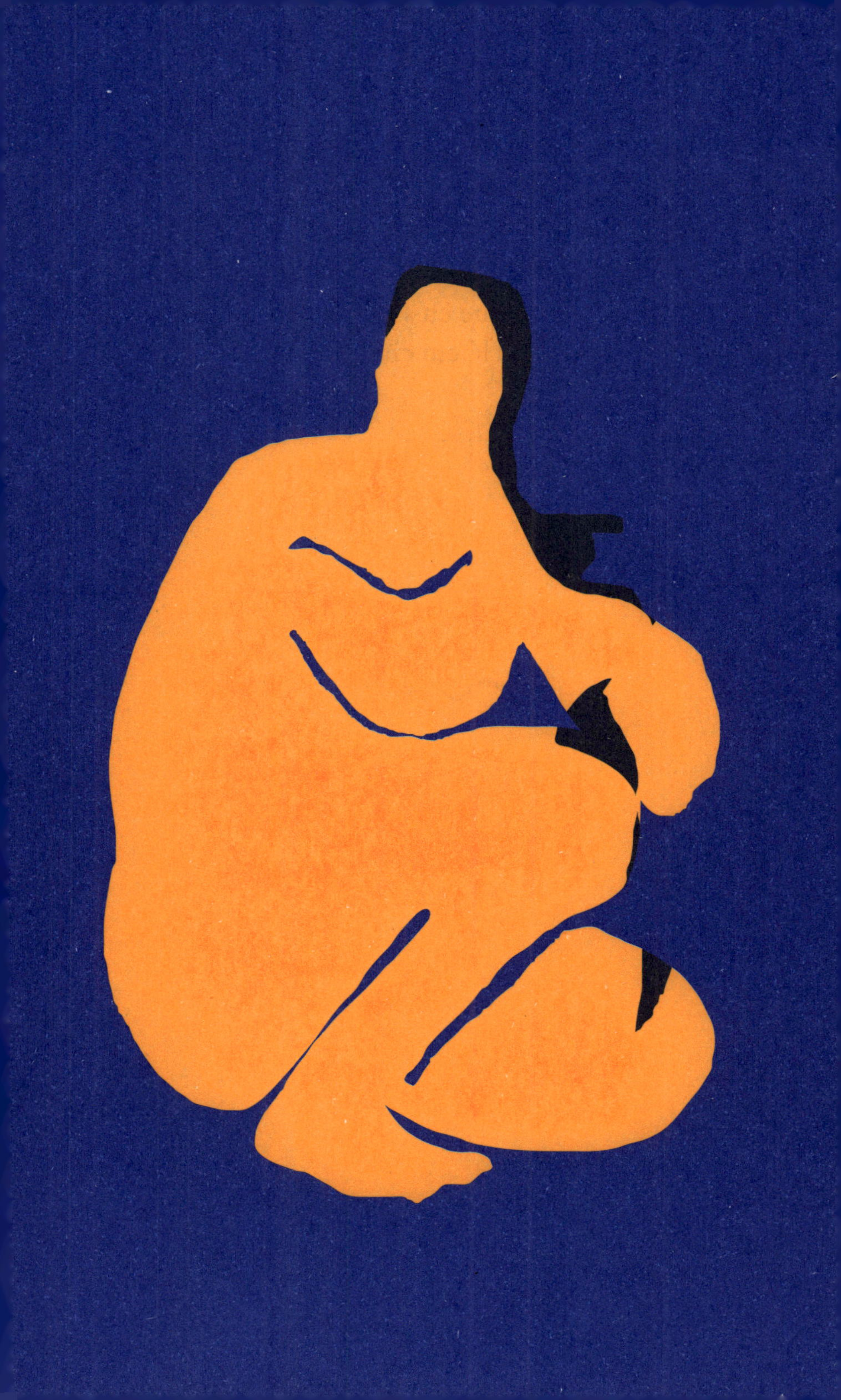

Hoje sonhei tão alto
que as aves na minha janela pousaram
e pediram que eu sonhasse mais baixo
porque elas lá em cima voavam

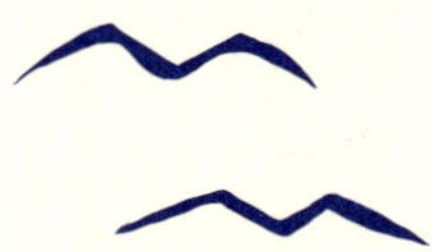

“Eu não sei se teria coragem
de jogar tudo para o alto”.
Sabe.

“Eu não sei por que sou assim”.
Sabe.

O homem do campo
sem o apelo dos neons
dos elevadores e dos aviões
consegue olhar para dentro

o homem urbano
sem ovelhas, colheitas de arroz
sem figueiras nem estrelas
prefere espiar os outros apartamentos

Embarquei minha filha no navio
e disse, minha filha, vai
disse, minha filha vai descobrir
o que há do outro lado do mar
embarquei e disse, vai
minha filha, descobrir o que há
que não se pode contar
disse, vai e olha com teus olhos
o que amor nenhum pode detalhar
vai, minha filha, sonhar
e conhecer o mundo pra melhor navegar
disse, vai, minha filha
atravessar fronteiras e encontrar
o que existe do lado de lá, eu disse
vai que eu fico te esperando aqui,
minha filha, eu fico te aguardando,
eu disse, vai que eu guardo o teu lugar

PARTE II

Um descanso na loucura

Qualquer amor já é um pouquinho de saúde,
um descanso na loucura.
(João Guimarães Rosa)

Sozinho
é uma coisa,
solitário
é outra.

Sozinho
é com,
solitário
é sem.

A felicidade
não mora
num único
endereço.

Ela
tem
uma
escova
de
dentes
em
cada
lugar.

Crianças brincam
de ser cabeleireiras,
empacotadoras de
supermercado, garçonetes,
frentistas.

Nunca brincam de ser
empresárias, industriais,
presidentes.

Há mais alegria em servir
do que em ser servido.

Eu diria
do amor
que o amor
é reto
que o asfalto
do amor
acaba
mas o amor
continua
desbravando
o mato

Desejo que desejes
um ano inteiro
de muitos meses
bem fechados,
que nada fique
por fazer, e desejo,
principalmente,
que desejes desejar,
que te permitas
desejar, pois
o desejo é vigoroso
e gratuito, desejo
que desejes
vitórias, romances,
diagnósticos
favoráveis, aplausos,
mais dinheiro e
sentimentos vários,
mas desejo, antes
de tudo, que desejes,
simplesmente.

Não faz diferença
se você vem amanhã
ou não vem
desisti de esperar
por alguém cuja ausência
me faz companhia

Tudo o que você pensa e sofre
dentro de um abraço se dissolve

Todo ser humano é um cristal.
Manuseie com
cuidado.

Paixão rima
com ilusão,
então me iluda
que eu te iludo,
até que tudo
se transforme
na verdade
mais absoluta.

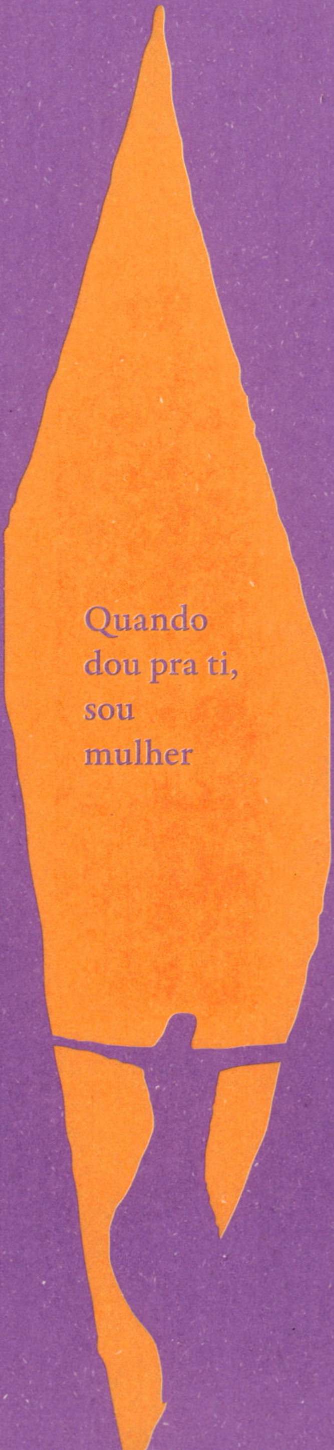

Quando
dou pra ti,
sou
mulher

Quando dou por mim, solidão

Não era amor,
era uma sorte.

Não era amor,
era uma travessura.

Não era amor,
era sacanagem.

Não era amor,
eram dois travesseiros.

Não era amor,
eram dois celulares desligados.

Não era amor,
era de tarde.

Não era amor,
era inverno.

Não era amor,
era sem medo.

Não era amor,
era melhor.

Não quero mudar
o sobrenome que carrego
sustentando meu nome ateu

ele pode vir, eu deixo dormir
na minha cama
mas não quero nada dele
que já não seja meu

Dois, quatro, seis, oito
o par é tranquilizante
um, três, cinco, sete
o ímpar é o amante

Se eu pudesse
te amar de dia
diria que você
é meu sol

mas te amo
tarde da noite
e não como
eu queria

você é meu farol
e já não sei
quem me guia

PARTE III

Martha a*flor*ismática

[...]
No silêncio serenado da noite
eu, partejando o nascer da flor,
[...]
(Cora Coralina)

De nada adianta
levar o corpo para passear
se a alma não sai de casa

Não há ninguém
mais desinteressado
pela vida do que
o dono de uma
estante vazia

Favor não confundir
uma vida sensacional
com uma vida sensacionalista.

Os bonzinhos dão ótimos maridos,
mas suas canções, poemas e pinturas
raramente valem a pena.

Certos amores
não passam de
uma

b
o
m
b
a

a ser desativada
a tempo.

A perdição está sempre atrelada
ao que promete ser bom.

Consumir-se é vício • Legalizem-me já • Consumir-se é vício • Legalizem-me já • Consumir-se é vício • Legalizem-me já •

Consumir-se é vício • Legalizem-me já • Consumir-se é vício • Legalizem-me já •

Consumir-se é vício • Legalizem-me já •

Consumir-se é vício • Legalizem-me já •

As mudanças climáticas
estão aquecendo o planeta
e esfriando as pessoas.

A loucura mora tão perto
que sinto o cheiro do seu feijão.

O sucesso é um acidente.

Sorria!
Seus pensamentos secretos
não estão sendo filmados.

Amadurecer é descobrir que
algumas perdas são inevitáveis,
mas não precisamos nos
agarrar à dor para justificar
nossa existência.

Não importa
a idade que temos,
há sempre
um momento
em que é preciso
chamar um adulto.

Algumas vidas
até podem ser tristes,
outras são desperdiçadas, mas,
num sentido mais absoluto,
não existe vida errada.

Fazer a coisa certa
é sempre um ato revolucionário.

O universo
nunca entrega o
que promete.
Aliás, ele nunca
prometeu nada,
você é que
escuta vozes.

Viajar é correr atrás do nosso
eu ancestral, aquele rebelde
que escapou da domesticação
e que não vê a hora
do reencontro com sua
alma peregrina.

Revendo assim rapidamente
nossa história inacabada
fica um mal-estar
uma coisa meio deprimente
parece que nada aconteceu
de importante
e no entanto foi bom pra nós dois
e antes do depois teve muito durante

Você teria ido sem mim,
mesmo que eu não me atrasasse

Você teria dito tudo aquilo,
mesmo que eu não te ofendesse

Você teria me deixado,
mesmo que eu não propusesse

Você faz tudo o que quer,
mas sou eu que deixo tudo preparado

Espelho espelho meu
haverá no mundo alguém
que reflita mais do que eu?

Mulher andarilha:
cantei um fado em Lisboa
fui boa e covarde em Chicago
saí da trilha em Pamplona
só fui encontrada em Sevilha

Vou chegar atrasada e distraída
como quem saiu do trabalho
e foi direto pro bar

olhar toda hora pro relógio
como se tivesse alguém me esperando
em outro lugar

vou rir bastante, manter um ar distante

e esquecer quanto tempo faz

vou perguntar pelos amigos
e se aceitar carona

deixar cair um brinco no banco de trás

Sou fogo de palha
mas não espalha que eu nego

Quem é você
escondida em meu corpo
que arranca as folhas da agenda
que vive fazendo minha mala
que não reconhece minha letra
quem é você invisível no espelho
que sempre me despenteia

Que me interessa granito,
madeira de lei
lâmpadas halógenas
e último andar
eu queria era morar
num filme francês

Quando é que eu corto a raiz
e passo a sonhar desperta
quando é que se fica esperta
e se passa a viver por um triz
quando é que eu chamo os guris
e deixo minha porta aberta

Prefiro os que têm estoque
aos que deixam tudo à mostra na vitrine

MARTHA MEDEIROS

Martha Mattos de Medeiros nasceu em 20 de agosto de 1961, em Porto Alegre, Rio Grande do Sul. Formou-se em Comunicação Social pela Pontifícia Universidade Católica do Rio Grande do Sul (PUCRS) em 1982 e atuou por 14 anos como redatora publicitária em diversas agências de Porto Alegre.

A carreira literária de Martha teve início com a publicação de livros de poesia, como "Strip-Tease" (Brasiliense, 1985), "Meia-Noite e um Quarto" (L&PM, 1987) e "Persona Non Grata" (L&PM, 1991). Em 1993, decidiu se dedicar integralmente à literatura e mudou-se para o Chile, onde permaneceu por nove meses.

Sua transição para a crônica ocorreu com "Geração Bivolt" (Artes & Ofícios, 1995), seguido por "Topless" (L&PM, 1997), que lhe rendeu o Prêmio Açorianos de Literatura. O reconhecimento nacional veio com o romance "Divã" (Objetiva, 2002), adaptado para teatro, cinema e televisão, consolidando sua posição no cenário literário brasileiro.

Martha também é conhecida por suas colunas nos jornais *Zero Hora* e *O Globo*, onde aborda temas cotidianos com sensibilidade e perspicácia. Suas obras já ultrapassaram a marca de 1 milhão de exemplares vendidos, e títulos como "Doidas e Santas" (L&PM, 2008) e "Feliz por Nada" (L&PM, 2011) foram adaptados para o teatro.

Além da literatura, Martha colaborou com músicos como Frejat e Jota Quest, ampliando sua influência na cultura brasileira.

Apaixonada por viagens, compartilha suas experiências em obras como "Um Lugar na Janela - Relatos de Viagem" (L&PM, 2012).

Atualmente, Martha reside em Porto Alegre, onde continua a escrever e inspirar leitores com suas reflexões sobre a vida e a condição humana.

DANIEL KONDO

Nascido em 1971, em Passo Fundo, Rio Grande do Sul, Daniel Kondo iniciou sua trajetória profissional como ilustrador publicitário, destacando-se por um traço singular que mescla tradição e inovação. Sua versatilidade artística consolidou-o como um dos ilustradores mais reconhecidos do país.

Em 2022, foi laureado com o Prêmio Jabuti na categoria Livro Infantil pela obra "Sonhozzz" (Salamandra, 2020), em parceria com Silvana Tavano. No ano seguinte, "El Rojo Orgulloso" (Morisqueta, 2022), com Alejandra González, integrou a exposição *The BRAW Amazing Bookshelf* na Feira Internacional do Livro Infantil de Bolonha. Em 2025, "Desembarcados" (FTD, 2024), parceria com Guilherme Gontijo Flores e Carol Naine, foi selecionado como um dos 150 livros mais relevantes do mundo, reforçando sua importância no cenário literário internacional.

Kondo também estabeleceu parcerias notáveis com ícones da música brasileira. Trabalhou com Gilberto Gil nos livros "Andar com Fé" (WMF, 2023), numa releitura visual da icônica canção, e "Nós, a gente" (WMF, 2023), reinterpretando 40 canções por meio de suas ilustrações. Em parceria com Djavan, no livro "Açaí + Seca", pela coleção *Letrailustre* (WMF, 2024), captura a essência poética das músicas do cantor e compositor. Com Lulu Santos, criou a obra ilustrada "Lulu Traço e Verso" (Pancho Sonido, 2021) para celebrar a trajetória do cantor, integrando literatura e música de maneira singular.

Daniel reside em Punta del Este, Uruguai, e continua a expandir seus horizontes artísticos, produzindo obras que encantam e inspiram. Sua constante busca por inovação e excelência o consolida como referência nas artes visuais, transformando imagens em narrativas únicas e originais.

VITROLA EDITORA E DISTRIBUIDORA LTDA.
Rua das Camélias, 321 - Aparecida
CEP: 98400-000 - Frederico Westphalen - RS
Tel.: (55) 3744-6878
editora@vitrola.com.br
www.vitrola.com.br